新津灯谜志

《新津灯谜志》编委会 编纂

电子科技大学出版社
University of Electronic Science and Technology of China Press
·成都·

图书在版编目（CIP）数据

新津灯谜志 / 《新津灯谜志》编委会编纂. -- 成都：成都电子科大出版社, 2024. 9. -- ISBN 978-7-5770-1127-1

Ⅰ. I207.709

中国国家版本馆CIP数据核字第2024FL8461号

新津灯谜志
XINJIN DENGMI ZHI

《新津灯谜志》编委会　编纂

策划编辑　杨仪玮　周　涛
责任编辑　杨仪玮
助理编辑　雷晓丽
责任校对　周　涛
责任印制　段晓静

出版发行　电子科技大学出版社
　　　　　成都市一环路东一段159号电子信息产业大厦九楼　邮编　610051
主　　页　www.uestcp.com.cn
服务电话　028-83203399
邮购电话　028-83201495

印　　刷　四川墨池印务有限公司
成品尺寸　185mm×260mm
印　　张　10.5　彩页　3.5
字　　数　280千字
版　　次　2024年9月第1版
印　　次　2024年9月第1次印刷
书　　号　ISBN 978-7-5770-1127-1
定　　价　168.00元

版权所有，侵权必究

序

新津，成都之南大门，平畴沃野，山水相依，历史悠久，人文厚重，乃古蜀文明之重要发源地，拥有4500年之文明史，1460多年之建县史。这片古老而又充满活力的土地，孕育着丰富多彩、特色鲜明的地域文化。此中，新津灯谜以其独特魅力及深厚的群众基础，成为这片土地上绽放的一朵奇葩。

新津灯谜的历史源远流长。据地方文献记载，北宋即有新津人张商英善用隐语之事。因新津地处成都平原扼要，历代政权递嬗，几经鼎革兵燹，相关文献毁荡散佚，以致清代之前灯谜活动史料鲜见。中华人民共和国成立后，新津群众灯谜活动呈现前所未有之繁荣景象，一代又一代新津人创新创造、赓续传承，让新津灯谜承载了丰富的历史文化信息，成为连接过去与现在的文化桥梁。

新津灯谜活动形式多样。新津谜人不仅在传统节日开展各种灯谜活动，还与机关单位合作开展专题灯谜展猜，利用电视、报纸及各种网络新媒体开展灯谜猜射，进学校开展灯谜教学，在全区范围内举办声势浩大的社区灯谜大赛，等等，在丰富群众文化生活的同时，也使灯谜文化深入人心，成为普及传统文化之重要途径。

新津曾举办多届国际灯谜邀请赛、成渝灯谜邀请赛、社区灯谜大赛等系列品牌赛事，并多次尝试创新比赛规则及猜射形式。诸举措不仅为灯谜文化交流提供了平台，亦为海内外灯谜界创新开展灯谜活动提供了借鉴，为灯谜文化的传播及普及做出了重要贡献，此亦为新津灯谜于中华灯谜文化中占有一席之地的原因。

《新津灯谜志》之编纂，系对新津灯谜的一次全面挖掘、梳理及深入研究。编者群策群力，广搜博纳，信而有征，脉络清晰，以期达"谜以存史"之宗旨，为读者呈现一幅立体、多元、生动的新津灯谜画卷，让更多人了解新津灯谜，感受灯谜文化的魅力。志书配图丰富多彩，极具史料性与可读性，更臻美善。

地方灯谜志之编纂,在灯谜史上尚属首次。相信《新津灯谜志》的出版,对于地方优秀传统文化之传播、地方文献价值之提升,以及当地社会和经济之发展,均有积极的促进作用。

让我们共同期待,新津灯谜这一优秀传统文化,在新时代焕发出更加璀璨之光芒,为推动中华优秀传统文化之繁荣发展做出更大贡献。

中华灯谜学术委员会主任

郑育斌

二〇二四年初夏于文心阁

《新津灯谜志》编委会

主　　编：张义桃　蔡光根
执行主编：解俊峰
副 主 编：周利华　潘夕潮
编　　委：李长清　何毅豪　肖　燕
审　　校：喻光明　龚贵明　李志坚　方茂良　万梦诗
　　　　　郭银红　郑小满　陈厚蓉　李阑希
配　　图：肖　燕

编纂单位：成都市新津区地方志编纂委员会办公室
　　　　　成都市新津区文学艺术界联合会
　　　　　成都市新津区灯谜学术研究会

鸣谢单位：政协成都市新津区委员会文化和文史资料委员会

新津燈謎志

鄭育斌 題

凡 例

一、遵循国家和四川省地方志工作条例有关精神,《新津灯谜志》编纂工作坚持辩证唯物主义和历史唯物主义的基本原则,以实事求是的严谨态度,客观系统地记述了新津地区灯谜活动发展的历史和现状。

二、本志依据志书编纂的相关体例要求,分为卷首(序、概述、大事记)、正文(新津灯谜组织、新津灯谜普及活动、参加灯谜赛事、灯谜文化交流、水城新津国际灯谜邀请赛、新津灯谜大会及成渝灯谜邀请赛、新津灯谜的特点、人物传录)及卷尾(附录及编后记)三大部分。正文中第五章"水城新津国际灯谜邀请赛"和第六章"新津灯谜大会及成渝灯谜邀请赛",原拟作为两节编为一章,即"举办灯谜赛事",但考虑到需保持各章篇幅的相对平衡,以及突出新津灯谜赛事的特色,遂做了升格处理。第三、四、七章也基于此考虑,做了相应升格。

三、本志的时间断限,上起清末民初,下迄2024年3月。个别章节根据需要做了适当上溯。

四、本志在中华人民共和国成立之前的纪年,一律采用当时通用的纪年法,并用括号加注公元纪年;中华人民共和国成立后的纪年一律采用公元纪年并用阿拉伯数字著录。

五、本志的人物传录部分,遵循志书传统的"生不立传"的做法,除人物传之外,增设人物录。

六、本志综合运用了志书的述、记、志、传、图、表、录等体裁,语言使用现代语文体,均以第三人称记述,力求行文平实。志书行文中涉及的组织、部门等,首次出现一般采用全称,以后一般采用简称。四川省和成都市的部分灯谜比赛,虽是相同部门组织开展的同一系列赛事,但由于各种原因,赛事名称并不统一。为确保行文前后的一致性和连贯性,本志将"四川省职工灯谜会猜""四川省职工灯谜竞赛""四川省职工灯谜大赛"统

称为"四川省职工灯谜会猜",将"成都市灯谜会猜""成都市职工灯谜大赛""成都市艺术节灯谜大赛"统称为"成都市灯谜会猜"。

七、本志在附录部分收录了新津灯谜的相关文献资料、文论及代表谜作等。

参加比赛

◎ 1983年，童汝锷（后排左1）、蔡元俊（前排左1）代表新津参加了全国首届"三苏"谜会并获得特等奖。他们与参会的四川谜友一道发出筹备成立四川省职工灯谜协会的倡议，成为四川省职工灯谜协会的发起人和理事会成员之一。这也是新津灯谜第一次走出县境

◎ 1993年5月，新津代表队参加成都市第五届灯谜会猜

◎ 1994年1月，新津代表队参加四川省第七届职工灯谜会猜合影

◎ 1995年12月，新津代表队参加四川省职工爱国主义知识灯谜竞赛暨四川省第八届职工灯谜会猜

◎ 1995年12月，新津灯谜学会李志坚（右3）、喻光明（右4）在四川省职工爱国主义知识灯谜竞赛暨四川省第八届职工灯谜会猜的领奖台上

◎ 1997年6月，四川省第九届职工灯谜会猜全体人员合影

◎1998年，李志坚（第1排右13）参加中国国际灯谜大赛暨青澳湾第六届中秋谜会合影

◎ 2011年5月，喻光明（第2排右3）应邀参加西安世界园艺博览会灯谜创作大赛颁奖典礼合影

◎ 2012年11月，喻光明（中）受邀参加"居佳杯"首届灯谜文化节（深圳），与郑百川（左）、闻春桂（右）合影

灯谜普及

◎灯谜活动进街道

◎老婆婆认真听灯谜讲座

◎社区群众陶醉于灯谜讲座

◎ 解俊峰在文井小学讲授新津灯谜

◎ 20世纪90年代在花桥中学开展灯谜进校园活动

◎喻光明（左2）在新津中学传统文化节上讲解灯谜猜射方法

◎新津中学学生兴趣盎然地听灯谜讲座

◎ 喻光明在泰华学校举办灯谜讲座

◎ 喻光明、解俊峰在新津区老干部活动中心开展灯谜讲座

灯谜展猜

◎ 20世纪80年代，新津县文化馆举办群众灯谜展猜活动

◎ 20世纪90年代，新津街头的灯谜展猜活动

◎ 1999年，新津县委书记王忠林（右1）、宣传部部长陶南洪（右2）、副县长张贤明（右3）走上街头观看新津灯谜活动

◎ 2002年3月，新津县区"公民道德建设宣传教育月"系列活动之灯谜巡回展猜活动现场

◎ 2008年3月，首届水城新津国际灯谜邀请赛上，群众在新津大水南门广场冒雨猜灯谜

◎ 2010年春节，群众猜谜的火爆场景

灯谜展猜

◎ 2012年"幸福新津·纯阳观民俗大庙会"灯谜展猜活动现场

◎ 2015年，春节纯阳观群众猜谜活动现场

◎ 2015年，第二届中华灯谜文化节30城市灯谜联展新津巡展在新津彩虹桥广场举行

◎ 2016年，庆"三八"廉政谜语展猜活动现场

灯谜展猜

◎ 2017年，"传承非遗文化 提高税法遵从"专题灯谜展猜活动在花舞人间景区举行

◎ 2017年，新津县首届忠孝文化节暨"天府好家风"灯谜展猜活动现场

◎ 2020年，龚贵明（左）在岳店社区指导群众猜谜

◎ 2020年，新津区首届社区灯谜大赛期间，龚贵明（右1）、萧文亿（右2）在社区灯谜展猜活动中指导群众猜谜

◎ 2021年，新津花源街道广场的国庆灯谜展猜活动区

◎ 2022年，普兴小学校园灯谜展猜活动现场

举办赛事

① 2008年3月，首届水城新津国际灯谜邀请赛全体人员合影
② 首届水城新津国际灯谜邀请赛抢猜决赛现场
③ 首届水城新津国际灯谜邀请赛个人PK赛颁奖现场
④ 首届水城新津国际灯谜邀请赛个人创作赛颁奖现场

举办赛事

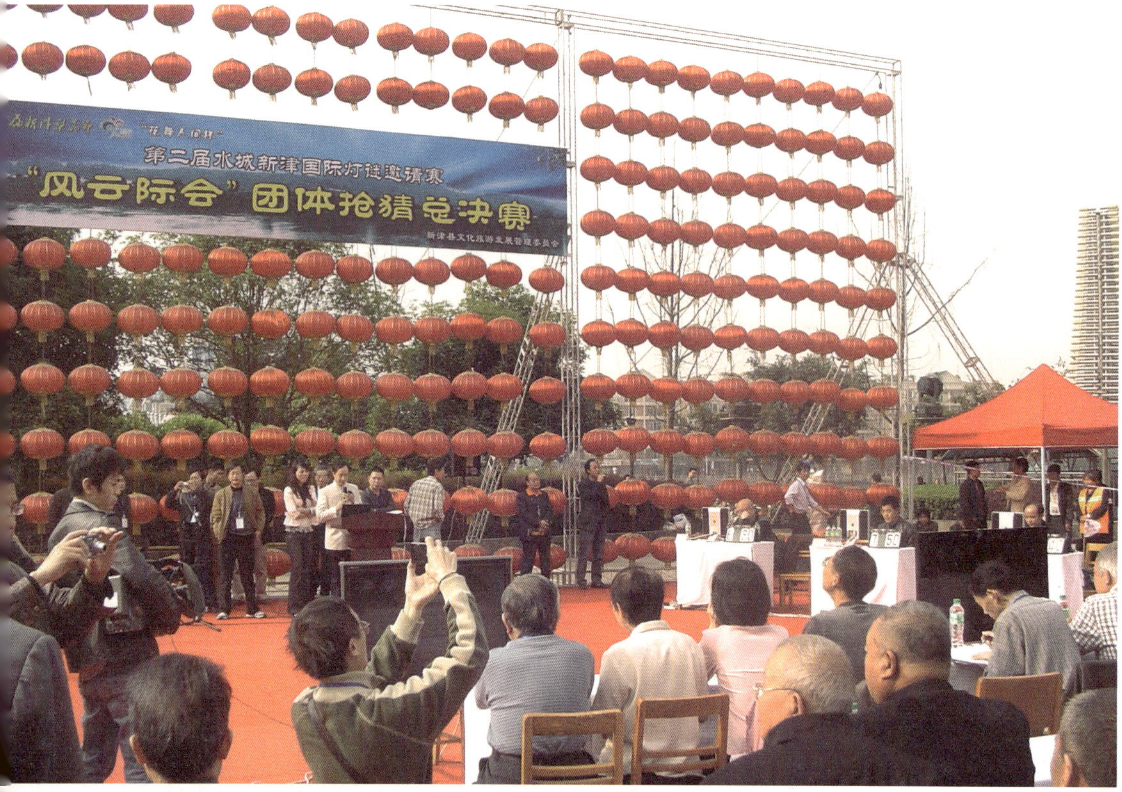
第二届水城新津国际灯谜邀请赛
“风云际会”团体抢猜总决赛

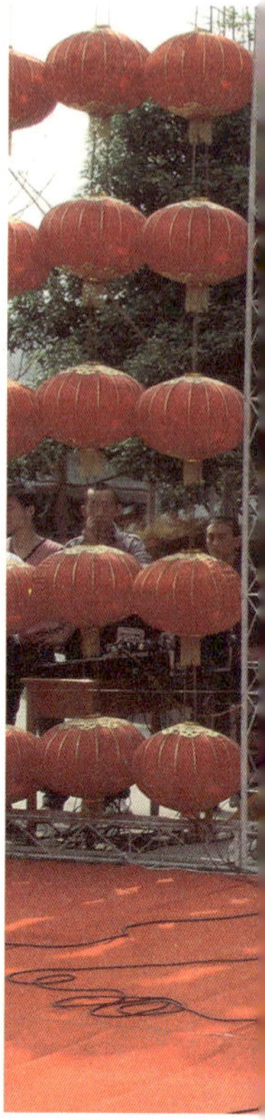

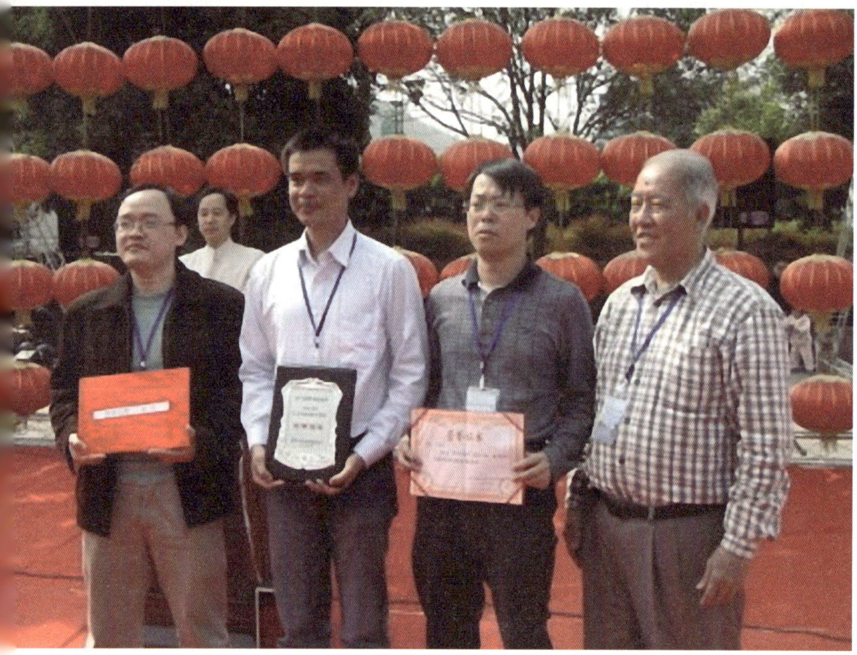

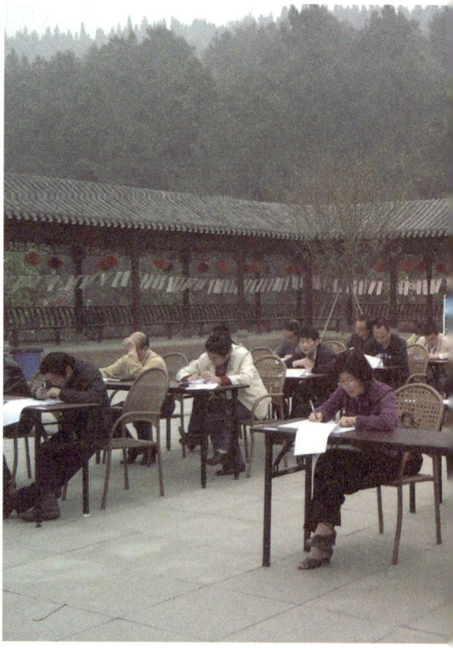

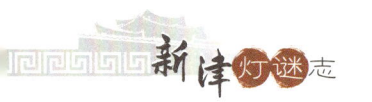

举办赛事

①	②
③	④

①2009年3月,第二届水城新津国际灯谜邀请赛团体抢猜总决赛现场
②第二届水城新津国际灯谜邀请赛个人PK赛前三名(左2至左4)颁奖现场
③第二届水城新津国际灯谜邀请赛团体赛冠军广东代表队(左1至左3)颁奖现场
④第二届水城新津国际灯谜邀请赛笔试竞猜现场

① 2011年4月，第十二届新津梨花节"花舞人间"中华灯谜新津论坛全体人员合影
② 评委刘二安（右1）为笔猜团体冠军广东深圳队颁奖
③ 评委刘二安（右）为个人PK赛冠军重庆队选手张践（中）颁奖

举办赛事

① 2012年4月,"花舞人间杯"第四届水城新津国际灯谜邀请赛全体人员合影

② 第四届水城新津国际灯谜邀请赛笔试竞猜现场

③ 评委为个人PK赛冠军吴健(中)颁奖

④ 评委为个人PK赛亚军骆岩(右3)、季军段夏青(左3)、殿军黄玮华(左2)颁奖

⑤ 评委为团体电控抢猜冠军巾帼联谊队颁奖

⑥ 评委为团体电控抢猜亚军安徽合肥队、季军重庆文化宫队颁奖

举办赛事

	①	②	
③	④	⑤	⑥

◎ 2017年，"张大公馆杯"新津灯谜擂台赛暨四川省谜友联谊会第二届灯谜联赛全体人员合影

举办赛事

◎笔试竞猜现场

①2020年11月，新津区首届社区灯谜大赛获奖团体和个人合影
②参加团体赛电控抢猜的选手
③团体赛电控抢猜现场

举办赛事

产党成立100周年”暨2021年“幸福美好生活·广电网络杯”新津区第二届社区灯谜大赛
团体季军
团体冠军
团体亚军

祝中国

6号
130

举办赛事

① 2021年新津区第二届社区灯谜大赛颁奖典礼现场
② 新津区第二届社区灯谜大赛团体抢答现场
③ 学生组团体抢答现场
④ 成人组团体抢答现场

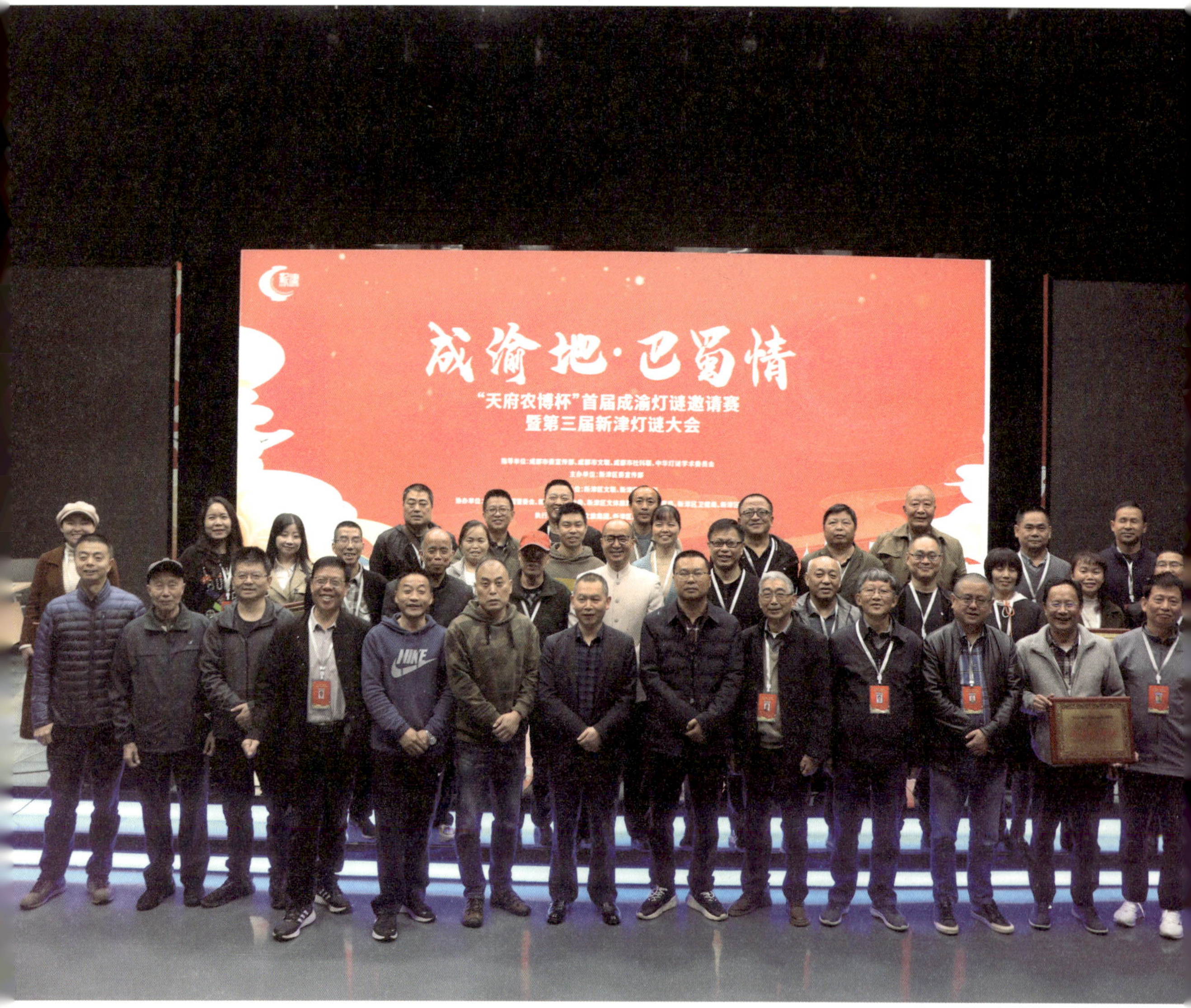
成渝地·巴蜀情
"天府农博杯"首届成渝灯谜邀请赛
暨第三届新津灯谜大会

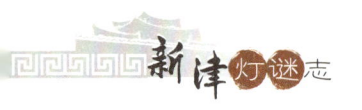

举办赛事

①	②	③
	④	⑤

①2022年首届成渝灯谜邀请赛全体人员合影

②评委为网络个人赛冠、亚、季军颁奖

③成都少城商灯协会为首届成渝灯谜邀请赛赠送贺联书法

④2022年，首届成渝灯谜邀请赛暨第三届新津灯谜大会个人奖项颁奖现场

⑤评委为团体冠军成都少城街道总工会队颁奖

33

◎ 2023年,李志坚(左2)、龚贵明(右1)为第二届成渝灯谜邀请赛暨第四届新津灯谜大会学生组"宝墩铜虎奖"获得者颁奖

文化交流

◎ 1991年6月，中国香港著名谜家刘雁云（前排左3）、张伯人（前排左1），泰国潮州会馆灯谜组副主任、著名谜家卢山夫（前排左2），以及广东省谜学研究会会长郑百川（前排右2），广东省谜学研究会副会长、澄海县灯谜协会会长张哲源（前排右1），在成都市谜协副秘书长康德勋（后排左2），理事周发仁（后排右2）、何志铨（后排右1）的陪同下，到新津开展灯谜文化交流活动

◎ 1996年2月，新津首届灯谜艺术节参赛者合影

◎ 2009年，喻光明（右2）、龚贵明（左2）与参加第二届水城新津国际灯谜邀请赛的新加坡灯谜协会会长黄玉兰（右1）、马来西亚著名谜家邓凤鸣（左1）互赠会旗和谜刊

◎ 2009年，第二届水城新津国际灯谜邀请赛期间，喻光明（右2）与邀请赛评委、著名谜家赵首成（右1）、章镳（左2）、郭少敏（左1）合影

文化交流

◎ 2009年,湖南省灯谜协会会长、中华灯谜学术委员会委员教耀寰(前排中)走访新津,与新津灯谜学会部分会员合影

◎ 2012年,在深圳首届灯谜文化节上,新津灯谜学会参展的谜笺获得海内外谜笺设计艺术展佳作奖

◎ 2012年,中华灯谜学术委员会主任闻春桂(右3)陪同谜家徐添河(右1)和全国多位谜家参观设在花舞人间景区的新津灯谜艺术馆

◎ 2020年,在新津区首届社区灯谜大赛上,郭泉(左1)指导新津中学的小谜友

文化交流

◎ 2021年,深圳市灯谜协会会长李德生(右3)和著名谜家赵首成(左2)、郭少敏(右2)向新津灯谜学会赠送锦旗

◎ 2023年,在第二届成渝灯谜邀请赛暨第四届新津灯谜大会上,郑育斌(中)与新津灯谜新津区非遗传承人解俊峰(左)、巴渝灯谜非遗传承人张践(右)合影

39

◎2023年，在第二届成渝灯谜邀请赛暨第四届新津灯谜大会上，杨晓阳（左3）、郑育斌（左2）、叶哲彦（左4）、蔡光根（右1）等嘉宾参观川渝灯谜大联展展厅

文化交流

◎ 2023年，郑育斌（右）体验"灯谜盲盒越千年"活动

41

学生灯谜比赛

◎ 1989年12月,新津二中的两支代表队获得成都市少年儿童灯谜大赛团体第三名

◎ 2016年元宵节，新津中学代表队亮相央视《中国谜语大会》（第三季）

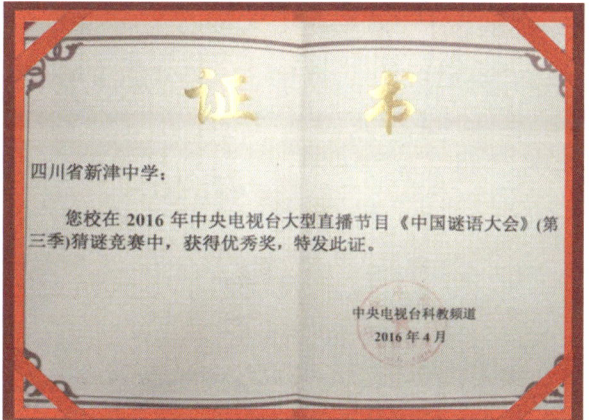

◎ 2016年4月，新津中学代表队获《中国谜语大会》（第三季）猜谜竞赛优秀奖证书

◎ 2016年4月30日，新津中学黄山桓（左）、杨思汗（中）、陈雨露（右）参加第三届中华灯谜文件节晋江市"品牌之都"国际校园灯谜精英赛

◎ 2016年4月，新津中学代表队获得第三届中华灯谜文化节晋江市"品牌之都"国际校园灯谜精英赛高中组团体赛铜奖

◎ 2016年5月，新津中学组建教师队和学生队参加四川省谜友联谊会首届灯谜联赛（乐山）并获奖

◎ 2017年4月，新津中学代表队参加"张大公馆杯"新津灯谜擂台赛暨四川省谜友联谊会第二届灯谜联赛并获奖

◎2017年5月，新津中学代表队在第四届中华灯谜文化节比赛现场

◎新津中学代表队获第四届中华灯谜文化节暨首届华人中学生灯谜大会团体赛优胜奖证书

◎ 2018年9月，新津中学代表队参加在西安举办的首届校园灯谜大会并获得团体赛二等奖

◎ 2018年，新津中学外国语实验学校队在上海"南翔杯"全国中学生灯谜邀请赛比赛现场

◎ 2018年，新津中学外国语实验学校队获得上海"南翔杯"全国中学生灯谜邀请赛铜奖

目 录

概述 ·· 1

大事记 ··· 5

第一章　新津灯谜组织 ·· 15

　　第一节　新津县文化馆业余灯谜创作小组 ························ 16

　　第二节　新津区灯谜学术研究会 ······································ 16

　　第三节　其他灯谜组织 ·· 23

第二章　新津灯谜普及活动 ·· 25

　　第一节　群众性灯谜活动 ·· 26

　　第二节　专题灯谜宣传活动 ··· 30

　　第三节　校园灯谜活动 ·· 33

第四节　媒体灯谜普及活动……………………………………37

　　第五节　"灯谜盲盒越千年"活动………………………………38

第三章　参加灯谜赛事……………………………………………41

　　第一节　参加全国灯谜赛事……………………………………42

　　第二节　参加省内灯谜赛事……………………………………45

第四章　灯谜文化交流……………………………………………49

　　第一节　20世纪八九十年代的灯谜文化交流活动……………50

　　第二节　21世纪的灯谜文化交流活动…………………………51

　　第三节　利用网络和新媒体进行灯谜文化交流活动…………53

第五章　水城新津国际灯谜邀请赛………………………………55

　　第一节　首届水城新津国际灯谜邀请赛………………………56

　　第二节　第二届水城新津国际灯谜邀请赛……………………59

　　第三节　第三届水城新津国际灯谜邀请赛……………………65

　　第四节　第四届水城新津国际灯谜邀请赛……………………70

第六章　新津灯谜大会及成渝灯谜邀请赛………………………77

　　第一节　新津区首届社区灯谜大赛……………………………78

　　第二节　新津区第二届社区灯谜大赛…………………………82

第三节　首届成渝灯谜邀请赛暨第三届新津灯谜大会 …… 85

第四节　第二届成渝灯谜邀请赛暨第四届新津灯谜大会 …… 93

第七章　新津灯谜的特点 …… 103

第一节　兼收并蓄　百花齐放 …… 104

第二节　雅俗共赏　古今结合 …… 105

第三节　探索创新　与时俱进 …… 106

第四节　趣味良多　美感纷呈 …… 107

第八章　人物传录 …… 109

第一节　人物传 …… 110

第二节　人物录 …… 115

附录 …… 121

附录一　新津灯谜文献资料 …… 122

附录二　文论辑选 …… 127

附录三　新津灯谜·百年百谜 …… 157

附录四　新津宣言 …… 163

编后记 …… 164

概　述

　　中国灯谜文化源远流长。产生于远古时期的仅有8个字的歌谣《弹歌》（即"断竹，续竹；飞土，逐宍"）被学术界认为是谜语的雏形肇始，后经先秦的廋辞（亦称"隐语"）、汉魏的谶言、六朝的离合以及隋唐的谜语演变，至两宋始以灯系谜，明朝以后，称为"灯谜"。灯谜完善于明清，繁荣于当代，成为一项重要的民俗活动。

　　灯谜是一种文化艺术现象，它属于民俗文化的范畴，而文化的盛衰，又与社会、政治、经济的发展息息相关，紧密相连。

　　新津为武阳旧地，山川秀美，人杰地灵。不仅曾"修觉著咏于唐"，而且有"商霖专美于宋"。王勃诗"风烟望五津"，卢照邻文"予自江阳，言归五津"，率皆指此地，昔为名贤所标致。公元557年，新津置县，经隋唐、历两宋，总体而言，当地的社会是安定的。特别是南宋时期，四川是南宋的大后方，新津极少受到战乱的侵扰。从当时新津观音寺的兴建、陆游多次游历新津等情况看，新津的社会经济状况是良好的。北宋末的新津人张商英曾使用过廋辞。据《宋史·张商英传》："（张商英）且移书苏轼求入台，其廋辞有'老僧欲住乌寺，呵佛骂祖'之语。"廋辞中的"老僧"，实际上是张商英自指；"乌寺"，指御史台；"呵佛骂祖"，是说自己敢于向皇帝直言进谏。可见，新津当时应该已有灯谜活动，不然张商英不会在给苏轼的信中自然熟练地用隐语来表达自己的心情。但由于明末清初的战乱，很多历史文献被毁损殆尽，新津清代以前的灯谜活动鲜见于史料。

　　明末清初几十年间，由于战争、天灾、瘟疫等诸多因素，新津的社会经济遭到了空前的破坏。《新津县乡土志》载："新津轮广不百里，而在成属最称沃野，流贼之乱，靡有孑遗，千里天府，旷无人烟。"不言而喻，此种情况下，灯谜活动也无从谈起。

　　康熙三十三年（1694），清廷颁发《招民填川诏书》后，大量省外移民到新津拓荒置业，至嘉庆九年（1804），全县可耕田地面积达294 600余亩[①]。随着农业的恢复和发展，再加上省外移民逐年到新津经商且留居新津，至嘉庆十七年（1812），新津人口已达16.6万余人。这些变化，为新津灯谜活动的恢复和发展奠定了良好的物质基础。

[①] 1亩 ≈ 666.67平方米。

一

根据《新津县志》（1989年版）的记载，清光绪年间，邑人罗际云，也就是李兴玉、童汝锷在《新津文史资料选辑》中谈到的"罗二举人"，在当时的豫章茶馆（位于今成都市新津区第一小学西侧）内，经常约集灯谜爱好者编制灯谜，让人猜射。1916年起，驻军刘成勋部连续几年春节期间在杨泗庙内举办猜谜活动。因当时奖品较为贵重，如有洋伞、洋瓷盆、香皂等，因此猜谜者络绎不绝，场面十分热闹。1930年，邑人童次湘、陈孟三等也在春节期间自编灯谜悬在门前灯笼上让人猜射。童次湘、陈孟三等都是当时新津有名的文人，他们在清末民初曾组织过一个名为"插荚会"的诗社，经常在一起写作诗词、歌赋及楹联等。特别是童次湘，他对灯谜的爱好，更是受家风所传，习染而不觉。童家在新津是有名的书香门第，其一世祖童永年系浙江绍兴府会暨县（今浙江省绍兴市）人，康熙三十一年（1692）至新津任典史，遂在新津安居下来。童次湘的嫡堂曾祖童宗颜为嘉庆十四年（1809）的进士，曾任翰林院编修、福建漳州知府。童宗颜喜好灯谜，常于春节、元宵期间自编灯谜悬挂门前灯笼上供邑人猜射，其乐融融。在其影响下，童家后人亦仿效之，从而形成传统。由此看来，新津灯谜活动的开展，实际应该推前到清嘉庆年间。

另据《新津县志》（1989年版）记载，1931年左右，县教育局举办过春节灯谜活动。1942年—1944年，县民众教育馆也举办过春节灯谜活动。这些灯谜活动因规模较小，且谜面、谜底生僻难猜，故参加者很少。

关于民国时期的灯谜活动，除县志的记载之外，还必须谈及一个人，他就是1894年出生于新津花桥乡的何云从。虽然何云从成年后的主要活动在成都，但他从小就在灯谜艺术方面展现出了极高的天赋。民国时期的新津不仅在县城有灯谜活动，而且在花桥乡这样的农村，也同样举办过百姓喜欢的灯谜活动。

二

中华人民共和国成立后，人民的物质生活日趋好转，对文化生活的渴求也日益增长。新津文化馆顺时而动，利用节假日举办灯谜竞猜活动。由于谜作内容涉及面广，通俗易懂，吸引了很多人参加。

1979年8月，新津县文化馆业余灯谜创作小组正式成立。后因自愿参加的灯谜爱好者不断增加，遂遵从众意，于1987年12月13日正式成立了新津县灯谜学术研究会（今新津区灯谜学术研究会，简称新津灯谜学会）。自此后的十余年，是新津灯谜发展的全盛时期。从1984年到1998年，新津组队参加省、市灯谜会，获团体奖、个人奖共50余次。

自20世纪80年代起，新津灯谜的名声越来越大，引得四川省报刊、电视台及中央新闻媒体争相报道。为了使灯谜活动得以传承，新津灯谜学会在巩固已有成果的同时，还专门下功夫培养谜坛新人——分别在新津二中、五津中学、花桥中学、华润学校等开辟第二课堂，系统讲授灯谜知识，并在学校里成立了少儿灯谜组和学生灯谜组。特别是在新津电视台开办的每周一期的《乐在谜中》专题节目，受到了群众的普遍欢迎。1995年，新津县（今成都市新津区）五津镇被成都市授予"灯谜之乡"的称号，《中华谜报》在头版上刊载了题为《新津——火红的灯谜之乡》的专题报道。

1997年之后，四川省内现场灯谜活动进入了一个长达十年的低潮期。这十年，几乎全川的现场灯谜活动都停止了，只有新津的现场灯谜活动还在继续坚持，但活动的方式和形态却有了很大变化。当省、市灯谜比赛停止以后，新津灯谜活动就转向发展群众文化活动，开展了大量的街头展猜和学校灯谜推广活动。

自20世纪70年代末起，新津灯谜界涌现出了德高望重、被尊称为元老级别人物的童汝锷，谜艺高超、被称为"蔡老虎"的蔡元俊，以及德艺双馨的喻光明等杰出人物，他们既是新津灯谜活动的组织者和领导者，又是新津灯谜界备受尊重的长者。在他们的引导和培养之下，新津灯谜界先后涌现出一大批年轻的灯谜爱好者，诸如龚贵明、李志坚、方茂良、解俊峰、夏应全、陈凤桃、付净雪、陈建光等，为新津灯谜界注入了新鲜血液。

三

2000年后，通过新津谜人的不懈努力，新津的灯谜活动出现了前所未有的兴盛景象。新津灯谜不仅闻名全国，还在海外产生了一定的影响。中国香港灯谜研究会会长刘雁云、副会长张伯人，广东省灯谜协会会长郑百川，澄海谜家张哲源，长沙谜家敖耀寰，以及泰国谜家卢一雄等海内外著名谜家，都先后来到新津参观访问。中华灯谜学术委员会常委、宣传部副部长杨耀学，在目睹了新津灯谜展猜的火热场面后，感慨地说："我到过国内许多地方，像新津这样红红火火的展猜场面，的确还很少见。"

2000年以来，为推动新津灯谜活动不断创新发展做出重要贡献的，要数曾担任新津灯谜学术研究会会长的解俊峰。

解俊峰，20世纪70年代出生于新津，1995年正式加入新津灯谜学会。2002年，新津灯谜学会换届，解俊峰担任会长。解俊峰具有丰富的管理经验和杰出的组织能力，在新津灯谜界众谜友的通力支持下，新津的灯谜活动再次进入了一个新的发展阶段。

2008年—2012年，新津先后举办了四届水城新津国际灯谜邀请赛，在全国灯谜界产生了较大的影响力。

2019年—2023年，新津灯谜发展取得了显著的成绩：第一，打造品牌赛事。从"首届新津社区灯谜大赛"到"成渝灯谜邀请赛"，四年来成功举办了四届灯谜大会，从全区到全省再到川渝两地，影响逐步扩大，活动日益成熟，形成了品牌效应。第二，注重网络宣传推广。从"新津灯谜解俊峰"的短视频持续发布，到"谜上大运"系列网络推广活动，新津灯谜开辟了新的网络宣传渠道，获得了良好的社会反响。第三，开发文创产品。四年来制作了三本谜会纪念册，其中2022年首届成渝灯谜邀请赛纪念册入选中华灯谜学术委员会评选的全国年度十佳纪念册。此外，还编撰了《解谜文化小故事》内部资料，推出"新津灯谜·百年百谜"笔记本等文创产品。特别值得一提的是，近几年来，新津灯谜活动一直围绕着两大目标奋进：一是坚持普及，二是坚持创新。由于这两个坚持在实践中的运用，催生了"社区灯谜大赛"和"灯谜盲盒越千年"这两个灯谜特色项目。2006年，新津灯谜被列入成都市首批非物质文化遗产名录，新津已成为名副其实的"灯谜文化之乡"。

纵观一百多年来新津的谜人谜事，这一非遗文化不仅得到了传承，而且经历代谜人的发扬光大，踵事增华，其活动范围不断扩大，活动方式不断与时俱进，参与人员也不断增多，且高手如林，人才济济。对此，中华灯谜学术委员会主任郑育斌曾经这样评价："新津灯谜人的年龄结构很科学，既有老一辈像喻光明一样经验丰富、水平高超的名宿，撑得起台面、稳得住场面、打得开局面，堪称'定海神针'；也有刚刚退休的李志坚、龚贵明、文健、马翔、何花等年富力强的一代，妥妥的'中流砥柱'；还有即将退休的陈凤桃、方茂良等，不少'后备力量'；更有五十来岁相对年轻的一代，包括解俊峰、夏应全、付净雪等，属于'少年老成'；以及很多三四十岁，甚至二十多岁的年轻人，如刘静、吴鑫杰、李晓蓉、邓茗等，真是'后生可畏'。新津灯谜，传承有力，结构合理，未来可期！"

大事记

1979年至1987年

　　1979年8月，新津县文化馆业余灯谜创作小组正式成立，开始编写灯谜普及刊物《谜苑点翠》。

　　1983年10月，新津灯谜代表队的童汝锷、蔡元俊在于四川眉山举办的全国首届"三苏"谜会上获得特别奖，并与参会的四川谜友一道发出筹备成立四川省职工灯谜协会的倡议。

　　1985年，四川省首届职工灯谜会猜在成都举行，新津派出童汝锷、蔡元俊、喻光明、龚贵明参赛。

　　1986年4月，四川省精英谜会暨成都市第二届职工谜会在成都举行，新津派出童汝锷、蔡元俊、喻光明、龚贵明参赛。

　　1987年，四川省第三届职工灯谜会猜在乐山举行，新津派出童汝锷、蔡元俊、喻光明、龚贵明参赛。

　　1987年12月，新津县灯谜学术研究会正式成立，并选举出了第一届学会理事会，岑明特当选会长，喻光明当选理事长。

1988年

10月,新津灯谜学会派出8人参加在南充市举行的四川省第四届职工灯谜会猜,李志坚获得"与虎谋皮"项目的第六名,龚贵明和张吉仁分别获"与虎谋目底"项目的第四和第八名。

12月,由江西科学技术出版社出版的《谜家手册》刊录了新津灯谜学会8人的作品,由辽宁科学技术出版社出版的《灯谜指南》在"著名谜家(知名谜手)"条目中,刊录了新津灯谜学会会员2人。另有2人被聘为《中国谜报》通讯员,3人被聘为《灯谜世界》通讯员。

1989年

1月,新津县文化局、教育局、科协、文化馆与新津灯谜学会联合举办了新津县蛇年春节灯谜大赛。

7月,成都市首届灯谜会猜在都江堰市举办,新津一队获团体第三名。本次大会上,成都市灯谜学会正式成立,新津灯谜学会喻光明、张建中被选为首届理事会理事。

8月,四川省第五届职工灯谜会猜在达县(今达州市达川区)举行,新津灯谜学会派出两支队伍参赛并取得优异成绩。

11月,新津灯谜学会召开第二次会员大会,选出了第二届理事会,岑明特当选会长,喻光明当选理事长,并召开了第二届理事会第一次会议。

12月,为庆祝成都解放40周年,成都市举办了首届少年儿童灯谜大赛,新津县二中代表队参赛并取得优异成绩。

1990年

1月,李志坚在首届中国灯谜国际大赛中获"中国灯谜好射手"称号。

2月,龚贵明的谜刊《幺风》和邱喜华的谜刊《国双》创刊。

12月,新津灯谜学会年会在新津宝资山公园召开。

1991年

3月，喻光明的谜作在海内外灯谜创作大赛中荣获"最佳灯谜创作奖"。

6月，新津代表队在四川省职工党的知识灯谜竞赛暨四川省第六届职工灯谜会猜中获得团体冠军。

6月，中国香港著名谜家刘雁云、张伯人，泰国潮州会馆灯谜组副主任、著名谜家卢山夫，以及广东省谜学研究会会长郑百川，广东省谜学研究会副会长、澄海县（今汕头市澄海区）灯谜协会会长张哲源，在成都市谜协副秘书长康德勋，理事周发仁、何志铨的陪同下，到新津开展灯谜文化交流活动。

9月，成都市第三届艺术节期间，成都市第三届灯谜会猜在成都市艺术馆、文化宫及人民公园主会场举行，新津代表队获团体二等奖，李志坚等人获得个人奖项。

11月，新津县防火委办公室与新津灯谜学会在大水南门举办了"11·9"消防知识宣传灯谜展猜，并签订了长期联办宣传协议书。该次活动上有关消防知识的灯谜被《人民公安报》刊登。

同月，时任国家计划生育委员会主任彭珮云为新津灯谜学会理事长喻光明编撰的《计划生育灯谜集》题词。

1992年

1月，新津灯谜学会与新津五交化公司商场联合举办了商品知识灯谜有奖展猜，开创了灯谜为市场经济服务的先例。

5月，喻光明应邀参加澄海灯谜节上的中华灯谜佳作展。

7月，在国情基本知识、工会法知识灯谜竞赛暨成都市第四届灯谜会猜上，蔡元俊、喻光明、李志坚组成的新津文化局代表队获团体冠军，艾世源、刘宁涛、覃鲜组成的新津县燃料建材公司工会代表队获三等奖。

9月，新津县燃料建材公司谜社成立，这是新津县第一个以单位命名的灯谜组织。

1993年

5月，中国近代史知识灯谜竞赛暨成都市第五届灯谜会猜在新津县老干局举行，有15支代表队参加了比赛，新津县代表队荣获团体一等奖，喻光明等人获得个人奖项。

1994年

1月，"桥牌电炒锅杯"四川省第七届职工灯谜会猜在乐山市文化宫举行，新津代表队获团体冠军，方茂良等人获得个人奖项。

6月，新津电视台开办了《乐在谜中》栏目，新津灯谜学会理事长喻光明在该栏目开展每周一期的灯谜讲座。

8月，社会主义市场经济知识灯谜竞赛暨成都市第六届灯谜会猜在崇州市举行，新津代表队获团体第一名，龚贵明等人获个人奖项。

9月，李志坚应邀赴保定参加中国民间文艺家协会中华灯谜学术委员会（简称中华灯谜学术委员会）成立大会及中华灯谜国手赛。

11月，中央电视台"茶文化"专题系列片摄制组在蒲江拍摄了新津灯谜学会以灯谜形式开展茶文化普及推广活动的情况。

1995年

8月，新津代表队参加"建设文协杯"成都市第七届灯谜会猜并获团体二等奖。

9月，为纪念世界反法西斯战争胜利及中国人民抗日战争胜利50周年，新津灯谜学会承办了爱国主义教育灯谜展猜，中华灯谜学术委员会常委杨耀学莅临新津指导。

10月，《新津报》创刊，并为新津灯谜爱好者开设了灯谜普及园地《谜友之间》专栏。

12月，"白塔山杯"四川省爱国主义知识灯谜竞赛暨四川省第八届职工灯谜会猜在宜宾市举行，由蔡元俊、喻光明、李志坚组成的新津代表队获团体冠军、电控抢猜冠军。李志坚获个人猜射冠军、个人全能冠军和个人创作亚军，喻光明获个人创作冠军。《中华谜报》在头版刊载了专题报道《新津——火红的谜乡》。

同月，成都市文化局授予新津县五津镇"灯谜文化之乡"称号，并在五津镇人民政府会议室举行了授牌和挂牌仪式。

1996年

1月，新津灯谜学会、新津县职工谜协举办年会，中共新津县委常委、宣传部部长胡有志等多位领导出席，四川省谜协副会长苏志祥、秘书长邹自力、副秘书长朱向东和成都市灯谜学会秘书长郭金华到会祝贺。

11月，《中华谜报》总第219期刊载了《四川有个"蔡老虎"》，详细介绍了新津灯谜学会会长蔡元俊的事迹。

1997年

6月，四川省第九届职工灯谜会猜暨庆祝香港回归祖国灯谜大赛在新津县蜀津楼举行，来自四川省及重庆市的15支代表队参赛。

10月，成都市第九届灯谜会猜在双流县（今成都市双流区）东升镇举行，新津新蓉新股份有限公司代表队获团体二等奖，新津富龙饲料厂获团体三等奖，蔡元俊等11人获个人奖项。

12月，新津灯谜学会在新津县武阳西路海林宾馆举行了庆祝建会十周年暨1997年年会。

1998年

10月，新津灯谜学会会长蔡元俊受邀参加在广东省南澳召开的中华灯谜学术委员会第二次全国代表大会，并当选为中华灯谜学术委员会委员。

1999年

7月，新津灯谜学会黄卫撰写的《迷人的灯谜之乡》和蔡元俊撰写的《景意贵交融，现实寓其中——兼谈灯谜与美学间的共性》在中国文学艺术界联合会、中华灯谜学术委员会举办的全国首届灯谜论文赛中获优秀奖。

9月，蔡元俊撰写的《让灯谜走进时尚生活》一文在《中华灯谜》(月刊)上全文发表。

2000年

1月，新津灯谜学会被成都市人民政府授予"成都市1999年度消防工作先进集体"称号，蔡元俊被授予"成都市1999年度消防工作先进个人"称号。同月，新津灯谜学会进行换届大会，选举产生了由解俊峰、方茂良、何震、熊金成、李志坚等13人组成的第五届理事会，解俊峰当选会长。

4月，受新津中学邀请，新津灯谜学会顾问蔡元俊、喻光明，会长解俊峰，副会长方茂良到校讲解了有关灯谜的起源与发展、猜谜技巧等知识。

5月，新津灯谜学会副会长方茂良在新津县花桥镇首届乡村青年文化节上开展了灯谜展猜活动，成都市谜友专程前往竞猜。

2001年

10月，由《中华灯谜信息》编辑部主编的《中华灯谜丛书·20世纪灯谜精选》，收录了新津灯谜学会萧文亿、蔡元俊的作品。《中华灯谜丛书·全国灯谜创作佳谜精选》收录了萧文亿、蔡元俊、喻光明的作品。

11月，由中共成都市委宣传部、市文化局、市文明办、市文联联合主编的《公民道德建设灯谜楹联选》一书，收录了新津灯谜学会童汝锷、萧文亿、岑明特、蔡元俊、喻光明、李杰、谭均福、罗昌国、曾天成、李志坚、方茂良、董先明等12人的谜作551则，在全市入选人数（28人）、总计入选谜作（1021则）中的占比均为第一。

2002年

1月，新津灯谜学会进行换届选举，蔡元俊、喻光明被聘为顾问，解俊峰当选会长，方茂良当选为副会长，李志坚当选为理事长。

2003年

3月，新津灯谜学会荣获"雪馥奖"全国灯谜函寄会猜优秀组织奖，蔡元俊荣获"优秀制谜手"称号。

2006年

1月，新津灯谜学会创始人、顾问、原会长蔡元俊因病逝世。

11月27日，"灯谜（新津灯谜）"被列入成都市首批非物质文化遗产名录。

2007年

5月，"灯谜（新津灯谜）"项目保护单位新津县文化馆接受"成都市非物质文化遗产"授牌。

2008年

3月，新津举办"丽津酒店杯"首届水城新津国际灯谜邀请赛。《文虎摘锦》《中华灯谜》《全国灯谜信息》《春灯》等传统谜刊在闭幕式上联合发表《新津宣言》。本次赛事入选"2008年中华谜坛十件大事"。

5月，水城新津灯谜网正式开通。

2009年

3月，新津举办"花舞人间杯"第二届水城新津国际灯谜邀请赛，《水城新津国际灯谜邀请赛纪念特刊》获"2009年全国十佳(内部)谜书、谜集"称号。

2010年

3月，中华灯谜学术委员会授予"花舞人间杯"第二届水城新津国际灯谜邀请赛"优秀谜会"称号。

7月，由成都市社科联、《成都日报》、中共新津县委宣传部、新津县社科联主办，新津灯谜学会承办的第五期成都学术沙龙在新津县新平镇社区活动中心举行。

12月，新津灯谜学会获全国"先进社会科学团体"称号，被《春灯》《文虎摘锦》《中华灯谜》《中国报刊谜汇》《全国灯谜信息》等谜刊联合评为"2010年中华谜坛十件大事"之一。

2011年

3月，新津籍谜家何云从的遗稿《竹簃庼辞》，经解俊峰、喻光明整理后重新刻印成集。

4月，"花舞人间杯"第三届水城新津国际灯谜邀请赛暨中华灯谜新津论坛在新津举行。

同月，中华灯谜新津论坛在中央电视台《欢乐中国行·魅力新津》节目中播出。

5月，新津灯谜学会喻光明、解俊峰、方茂良、萧文亿被中华灯谜学术委员会吸纳为委员。

9月，水城新津灯谜网关站。

11月，"新津县灯谜学术研究会"博客开通。

12月，新津灯谜学会在花舞人间景区召开了2011年年会，并为新津灯谜艺术馆揭牌。年会同时进行了换届选举，解俊峰当选会长。

2012年

1月，新津灯谜艺术馆在花舞人间景区正式开馆。经中华灯谜学术委员会同意，该馆作为中华灯谜西部论坛永久会址。中央电视台第四频道的《中国新闻报道》节目对喻光明进行了采访。

3月，中华灯谜学术委员会授予"花舞人间杯"第三届水城新津国际灯谜邀请赛暨中华灯谜新津论坛"2011年度最佳谜会"称号。

4月，新津首届国际梨花节之"花舞人间杯"第四届水城新津国际灯谜邀请赛在花舞人间景区举办。

7月，中国报告文学学会会员、四川省作家协会和四川省戏剧家协会会员周明生撰写的《新津灯谜赋》发表。

8月，《花舞人间·大家都来猜》栏目在《新津报》正式亮相，这是《新津报》与花舞人间景区联办的猜灯谜栏目。

11月，喻光明应邀参加"居佳杯"首届灯谜文化节(深圳)。

12月，乐山灯谜协会、宜宾灯谜协会、新津灯谜学会及成都谜人联合发出关于组建四川谜友联谊会的倡议。

12月，中华灯谜学术委员会在深圳举办首届灯谜文化艺术节，并召开常委扩大会，增补解俊峰为中华灯谜学术委员会常委。

12月，《春灯》《文虎摘锦》《中华灯谜》《全国灯谜信息》联合评选"花舞人间杯"第四届水城新津国际灯谜邀请赛为"2012年中华谜坛十件大事"之一。

2013年

5月,新津灯谜学会汪扬善被中华灯谜学术委员会吸纳为委员。

2016年

2月,新津中学组队参加中央电视台《中国谜语大会》,获得优胜奖。

6月,四川省谜友联谊会首届灯谜联赛在乐山举行,新津灯谜学会派人参加。

2017年

4月28日—29日,"张大公馆杯"新津灯谜擂台赛暨四川省谜友联谊会第二届灯谜联赛在新津举行,来自全省的12支代表队及新津中学和新津外国语实验学校的9支学生代表队同台竞技。

5月27日,第六届中国成都国际非物质文化遗产节龙舟竞技展暨成都第二届龙舟公开赛和新津县第二十五届龙舟赛在新津南河举行。新津灯谜作为非遗展示项目在大会上亮相,向来自世界各地的宾客展示了新津灯谜的魅力。

5月27日—28日,新津中学冯柏森、蔡依诺2位同学组成四川省新津中学代表队赴温州参加第四届中华灯谜艺术节暨首届华人中学生灯谜大会。新津中学杨涛老师作为领队,喻光明作为特邀嘉宾一同赴会。

11月15日,新津灯谜学会与新津县新闻中心合作,利用新媒体推广传统文化,在新闻中心微信公众号"宝墩名堂"中,推出"张大公馆猜猜猜"灯谜有奖竞猜活动。

2018年

6月,新津中学应邀参加第五届中华灯谜文化节。会上,新津中学被中华灯谜学术委员会授予"中华灯谜教学示范校"称号,萧文亿的灯谜创作获得"雁云灯谜艺术奖"。

9月,全国首届校园灯谜大赛在西安举行,新津中学代表队获得团体二等奖。

10月,"南翔杯"全国中学生灯谜邀请赛在上海举行,新津中学外国语实验学校(今新津区外国语实验学校)参赛选手获得个人赛铜奖和团体赛铜奖。

2020年

11月,新津举办了新津区首届社区灯谜大赛。在五津街道临江村建设灯谜活动基地,并改造非遗传承人工作室,挂牌"喻光明工作室"。

2021年

5月—9月,新津灯谜学会承办了新津区第二届社区灯谜大赛。

2022年

9月—11月,由新津灯谜学会承办的"大府农博杯"首届成渝灯谜邀请赛暨第三届新津灯谜大会(原新津区社区灯谜大赛)在新津举行。

2023年

4月18日,四川省非遗保护协会副会长兼秘书长、专家委员会常务副会长何政军一行到新津调研新津灯谜的非遗保护、传承与发展情况。

5月19日,中共新津区委宣传部召开"迎大运·动起来""古蜀宝墩杯"第二届成渝灯谜邀请赛暨第四届新津灯谜大会工作协调会。

9月17日,第二届成渝灯谜邀请赛暨第四届新津灯谜大会顺利开幕。

9月23日,第二届成渝灯谜邀请赛暨第四届新津灯谜大会决赛在新津融媒体演艺大厅举行。

10月1日,"商会杯"第八届中华灯谜文化节在广东省饶平县石壁山风景区隆重开幕,新津灯谜学会龚贵明、方茂良、夏应全组队参会。在此次文化节上,夏应全获得个人优胜奖,萧文亿的灯谜创作获得"雁云灯谜艺术奖"。

第一章 新津灯谜组织

组织，广义而言，是指由诸多要素按照一定方式相互联系起来的系统；狭义而言，就是指人们为实现一定的目标，相互协作结合而成的集体或团体。从清末至民国时期，新津的城乡虽然都有灯谜活动，谜人谜事亦有许多可圈可点之处，但这些灯谜活动和谜人都是分散的，多为少数灯谜爱好者为增加节日气氛的一种个人行为，未见记载过任何灯谜组织。

中华人民共和国成立后，随着物质生活水平的不断提高，人们对文化生活的需求也日益增长，党和政府对各类群众文化活动也及时给予了关注。文化馆（前期为民教馆）的设置，使得群众文化活动的开展有了专门的负责机构，活动的组织也有了人员和经费的保障。在这种时代背景下，新津灯谜获得了良好的发展机遇。其间，童汝锷、岑明特、李兴玉、蔡元俊、喻光明等起到了积极的推动作用。

1978年党的十一届三中全会后，文艺发展百花齐放，新津灯谜也以新的姿态重新走进人们的生活。1979年，新津的灯谜组织应运而生。

第一节　新津县文化馆业余灯谜创作小组

1979年8月，新津县文化馆业余灯谜创作小组成立。当时有成员18人，岑明特任组长，童汝锷、喻光明任副组长。灯谜创作小组设在文化馆内，除每月的例行活动外，灯谜爱好者可以随时到文化馆进行交流、探讨。

第二节　新津区灯谜学术研究会

1987年12月13日，新津县灯谜学术研究会正式成立；2020年6月新津撤县设区后，2022年4月，全区社会团体统一换证，新津县灯谜学术研究会更名为"新津区灯谜学术研究会"。根据灯谜学会章程，选举出了第一届理事会，由岑明特任会长，童汝锷任副会长，喻光明任理事长，蔡元俊任秘书长，会员34人。1989年12月，进行了换届选举，岑明特任会长，童汝锷任副会长，喻光明任理事长，方茂良任副理事长，蔡元俊任秘书长，并特聘时任新津县副县长的文丕衡为名誉会长（此职务后来多由主管文教工作的副县长兼任，先后有彭学开、高敬全等），时有会员50余人。1991年12月选举产生了第三届理事会，由蔡元俊任会长，喻光明任理事长，方茂良任副理事长，何震任秘书长，聘岑明特、童汝锷任谜艺顾问，会员63人。第四届理事会期间，会员人数已增至118人。由于许多年轻会员和大学毕业生的加入，会员队伍的年龄结构和文化结构得到了极大的改善。1997年后，由于多种原因，理事会工作处于停滞状态。2000年，新津灯谜学会进行换届大会，选举产生了由解俊峰、方茂良、何震、熊金成、李志坚等13人组成的第五届理事会。2002年1月，新津灯谜学会进行换届选举，蔡元俊、喻光明被聘为顾问，解俊峰当选为会长，方茂良为副会长，李志坚为理事长。2011年又进行了换届改选，会长由解俊峰担任，李志坚、方茂良、龚贵明任副会长，文健任秘书长，聘喻光明为名誉会长。

2020年5月，为加强学会管理，新津灯谜学会讨论通过了《新津县灯谜学术研究会章程》（简称《章程》）。《章程》中明确，新津灯谜学会的性质是"新津县灯谜爱好者自愿结成的非营利学术性社会团体"。《章程》强调:"本会的宗旨是遵守法律法规和国家政策,倡导和践行'富强、民主、文明、和谐、自由、平等、公正、法治、爱国、敬业、诚信、友善'的社会主义核心价值观。"另外,《章程》对新津灯谜学会的业务范围、会员、组织机构和负责人的产生与罢免,以及资产管理、使用原则,章程修改,终止程序及终止后的财产处理等做出了详细规定。《章程》还特别制定了重大活动请示报告制度,规定凡涉及接受境(内)外捐赠资助,发生突发事件、遇到突发问题,关乎会员切身利益和社会稳定,被政府相关部门通报、查处、处罚等8种事项,须事前(中、后)向登记机关和业务主管单位报告。

2023年11月5日,在五津街道临江村柚园新津灯谜文艺创作基地,新津灯谜学会召开第九届第一次会员大会,注册会员55人。会议选举出第九届理事会和监事成员,文健为会长,龚贵明、李志坚、陈凤桃、马翔为副会长,理事会任命了秘书长和内设机构负责人。

新津灯谜学会的成立,在新津灯谜发展历史中起到了承先启后的重要作用,对新津灯谜的发展和传承有着极其重要的地位。

新津灯谜学会历届理事会名单及个人名单(截至2023年11月)如下。

新津灯谜学会历届理事会名单

一、第一届理事会(1987.12 — 1989.11)

职 务	姓 名
会 长	岑明特
副会长	童汝锷
理事长	喻光明
秘书长	蔡元俊

二、第二届理事会(1989.11 — 1991.12)

职 务	姓 名
名誉会长	文丕衡
会 长	岑明特
副会长	童汝锷
理事长	喻光明

续表

职　务	姓　名
副理事长	方茂良
秘书长	蔡元俊

三、第三届理事会（1991.12 － 1997.12）

职　务	姓　名
会　长	蔡元俊
顾　问	岑明特
顾　问	童汝锷
理事长	喻光明
副理事长	方茂良
秘书长	何　震

四、第四届理事会（1997.12 － 2000.11）

职　务	姓　名
会长（拓展规划部主任）	蔡元俊
副会长（财务后勤部主任）	汪扬善
副会长（摄影部主任）	廖永清
理事长（谜艺培训部主任）	喻光明
副理事长（创作评议部主任）	方茂良
副理事长（资料档案部主任）	翟　曲
秘书长（社会服务部主任）	倪松泉
常务理事（综合会务部主任）	解俊峰
常务理事（公关部主任）	万丽辉
常务理事（竞赛训练部主任）	李志坚

五、第五届理事会（2000.11 — 2002.1）

职 务	姓 名
名誉会长	高敬全
顾 问	蔡元俊
顾 问	喻光明
会 长	解俊峰
副会长	方茂良
秘书长	何 震
副秘书长	熊金成
副秘书长	李志坚

六、第六届理事会（2002.1 — 2011.12）

职 务	姓 名
顾 问	喻光明
会 长	解俊峰
副会长	方茂良
秘书长	何 震
副秘书长	熊金成
副秘书长	李志坚

七、第七届理事会（2011.12 — 2018.8）

职 务	姓 名
顾 问	喻光明
会 长	解俊峰
副会长	方茂良

续表

职　务	姓　名
秘书长	何　震
副秘书长	熊金成
副秘书长	李志坚

八、第八届理事会（2018.8 — 2023.11）

职　务	姓　名
顾　问	喻光明
会　长	解俊峰
副会长	方茂良
副会长	李志坚
秘书长	郭　瑾

九、第九届理事会（2023 年 11 月换届）

职　务	姓　名
名誉会长	喻光明
顾　问	倪松泉
会　长	文　健
副会长	李志坚
副会长	龚贵明
副会长	陈凤桃
副会长	马　翔
秘书长	何　花
传媒宣传部部长	蒋　超
学术研究部部长	付净雪
活动执行部部长	马　翔（兼）
会务联络部部长	何　花（兼）

新津灯谜学会个人会员名单（截至 2023 年 11 月）

序号	姓　名	工作单位
1	喻光明	新津区文化馆（退休）
2	解俊峰	新津区地志办
3	文　健	新津区园外丁好印象图文设计室
4	李志坚	新津区经信局（退休）
5	龚贵明	中国人寿保险（退休）
6	陈凤桃	新津区第三小学
7	马　翔	部队退伍
8	何　花	希望饲料厂（退休）
9	方茂良	中共成都市新津区委社区发展治理委员会
10	夏应全	成都市新津区实验高级中学
11	邓学文	成都伍田机械技术有限责任公司
12	陈建光	新津洗涤助剂厂（退休）
13	付净雪	成都市新津区万和小学
14	周晓寒	新津区第三小学
15	简玮辰	成都辰羽文化传媒有限公司
16	邹崇伟	新津区农业农村局
17	王贞鹏	四川省新津中学
18	邓晓蓉	四川省新津中学
19	唐梅莉	四川省新津中学
20	熊金成	新津筑路机械厂（退休）
21	路　霞	四川普爱饲料有限公司
22	何月平	成都康菲大地饲料有限公司
23	王　超	四川普爱饲料有限公司

续表

序号	姓名	工作单位
24	胡申华	四川普爱饲料有限公司
25	熊 亮	新津区牧山新城小学
26	马金秀	老厨子川菜酒楼
27	唐 强	眉山市仁寿县贵平镇人民政府民生事业服务中心
28	李晓蓉	新津区兴义镇广滩村村委会
29	易洪敏	成都空港大酒店
30	秦永能	新津区普兴街道中心卫生院
31	龚志伟	中国人寿新津支公司
32	吴鑫杰	成都市新津区兴义镇人民政府
33	张 慧	新津区五津社区卫生服务中心
34	徐 沙	事丰医疗器械公司
35	邓 茗	井研县农业农村局
36	王培防	新津中学（退休）
37	蔡依偌	新津区五津街道
38	吕秋虹	成都市新津区盟之爱社工协会
39	刘 静	四川省新津中学
40	徐桂芳	成都新津方舟徐行商贸易有限公司
41	唐梓瑞	永商镇政府工作人员
42	张 闯	永商镇政府工作人员
43	宋佩文	永商镇政府工作人员
44	申 坤	永商镇政府工作人员
45	杨 丽	永商镇政府工作人员
46	郭敏燕	永商镇政府工作人员

续表

序号	姓　名	工作单位
47	赵俊岚	永商镇政府工作人员
48	杨　涛	四川省新津中学
49	沈继龙	四川省新津中学
50	侯　俊	四川省新津中学
51	陈晓铃	四川省新津中学
52	尤明仙	四川省新津中学
53	彭红霞	新津区农业农村局
54	刘　浩	新津区农业农村局
55	曹涵韬	自由职业

第三节　其他灯谜组织

新津县职工灯谜协会是响应工会系统活动的需要，在县工会的主持下，于1979年8月成立的灯谜协会。1983年，在全国首届"三苏"谜会上，新津县职工灯谜协会与参会的四川谜友共同发出筹备成立四川省职工灯谜协会的倡议，后成为四川省职工灯谜协会的理事会成员。

新津灯谜学会燃建公司分会于1992年10月1日正式成立，2000年9月30日解散。新津灯谜学会燃建公司分会成员有艾世源、刘宁涛、乔健康，聘请了喻光明、蔡元俊担任顾问。该分会先后组队到双流参加了成都市"前锋杯"灯谜大赛，以及参加在新津举行的成都近代史知识灯谜大赛，并获得团体三等奖。1993年12月26日，为纪念毛泽东同志诞辰一百周年，该分会在燃建公司三楼举行了灯谜竞赛。

玄风谜社成立于1986年9月18日，成立地点为新津永兴文化站活动中心，成员有龚贵明、邱喜华、杨学云、孙维轩，编辑过内部资料《玄风》《面友》《目标》《典雅》《风俗》等。该谜社于1990年9月解散。

第二章 新津灯谜普及活动

中华人民共和国成立后，新津在灯谜艺术传承和灯谜知识普及方面做了很多探索，利用节假日开展了丰富的群众性灯谜活动，与政府部门、各类机关团体合作开展了很多专题灯谜展猜活动，也前往中小学开展了灯谜普及活动，利用报纸、电视和网络新媒体开展灯谜展猜，取得了很好的效果。

第一节　群众性灯谜活动

　　清末和民国时期的新津灯谜活动，主要是在新津的文人学士之间开展，算不上群众性的活动。1938年—1940年，新津县民众教育馆举办了春节灯谜活动，但因规模较小，且谜面、谜底都生僻难猜，所以参加活动的群众较少。

　　1962年，新津县文化馆于节日和周末举办猜谜活动。由于谜题的内容涉及面广、通俗易懂，该活动吸引了很多人参加。1979年国庆，新津县文化馆开展了灯谜活动，谜题涉及的内容更加广泛，形式也更加多样，参与猜谜的群众越来越多。此后，新津每逢节日都会举办群众猜谜活动，各基层工会及各乡文化站、文化室也会开展小型灯谜活动，灯谜文化开始得到了社会各方面的关注。

　　1987年之后，在新津灯谜学会的组织、推动下，新津的群众灯谜活动呈现一派前所未有的繁荣景象，几乎每月都有不同规模、不同专题的群众灯谜展猜活动，每年都有两三场重大活动。

　　1989年春节，新津县文化局、教育局、科协、文化馆和灯谜学会联合举办了新津县蛇年春节灯谜大赛，共举行了4轮13场竞赛，当地的报纸、电台、电视台均做了报道，受到省内外谜界的赞扬。

　　1991年12月30日—1992年1月1日，为庆祝新津县五交化商场开业一周年，新津灯谜学会和新津县五交化公司联合举办了为期3天的商品知识灯谜有奖展猜活动，开创了灯谜为市场经济服务的先例。本次活动悬谜496条，设立了特等奖2组、一等奖14组、二等奖20组。新津群众参与热情高涨，很多高手也到场猜射，猜中率达78%，是20世纪80年代以来猜中率最高的一次。1992年2月4日—6日，在纯阳观春节庙会期间，新津灯谜学会又举行了为期3天的猜谜活动，悬谜550条，参猜群众达3000余人次，现场人头攒动，主持人应接不暇。当年10月1日—8日，在宝资山公园举办的国庆灯谜展猜活动，丰富了群众的节日文化生活。10月4日重阳节，新津灯谜学会与新津县老龄委联合举办了重阳老年节灯谜展猜活动，该活动受到了新津广大老年群众的欢迎，得到了县政府领导的支持和表扬。

1995年—1996年，新津灯谜学会持续在春节纯阳观文化庙会期间开展灯谜有奖展猜活动。1996年2月，新津灯谜学会承办了为期3天的新津纯阳观文化庙会暨首届灯谜艺术节。此次灯谜艺术节耗资7200元，由12人组成服务组，悬谜3046条，包括了省内外、港澳地区和海外谜家的作品，并为少年儿童开辟了"萌芽谜苑"专区。如此大规模的灯谜活动在新津是前所未有的，在全国谜界也产生了一定影响，省内外灯谜组织及谜友们为本次活动的成功举办发来贺电、贺信等。

1997年8月11日—16日，新津县文化馆与新津灯谜学会联合举办了面向基层文化专干的新津县首届灯谜基础知识培训班，全县13个乡、镇(办事处)的文化专干及灯谜爱好者共30余人参加，其中年龄最大的60多岁，最小的仅10岁。

1999年9月29日—10月2日，为庆祝中华人民共和国成立50周年，新津灯谜学会以"祖国颂"为主题，精心编制了1300条爱国主义题材的灯谜作品，先后在新津县筑路机械厂、县城中心小广场和宝资山公园等3个场地展出，参观、参猜群众累计超过6000人次，取得了很好的社会影响。

为了丰富农村群众的文化生活，新津灯谜学会于2000年5月在新津县花桥镇承办了首届乡村青年文化节，灯谜学会副会长方茂良负责组织筹办。在文化节上，新津灯谜学会开展了灯谜展猜活动，共悬谜200条。活动不仅吸引了当地群众前来竞猜，成都市的谜友也专程前来参加。

2000年以后，在每年春节前夕由新津县委宣传部、文联和文体局组织的"文化三下乡"活动中，灯谜都成为最受群众喜爱的项目之一，这对推动新津灯谜的普及和发展起到了积极作用。每年大年初一至初三，新津灯谜学会都会在纯阳观举行灯谜有奖展猜活动。

2001年，新津灯谜学会除了参加花桥镇、万和乡、安西镇、新平镇的"文化三下乡"活动和纯阳观春节大庙会之外，还先后承办了元旦"迎接新世纪"灯谜有奖展猜活动和庆祝劳动节、建党80周年、国庆节、重阳节等主题灯谜活动。

2003年春节，纯阳观春节大庙会举办了多项民俗活动，其中为期5天的灯谜展猜活动吸引了许多人参加，现场人头攒动，群众猜中率达70%以上。

2008年，"丽津酒店杯"首届水城新津国际灯谜邀请赛举行期间，大赛组委会在南河滨江路设置了灯组、灯笼、兑奖区、交流区，每支参赛队伍提供了30条灯谜供群众猜射。

2009年春节期间，新津灯谜学会分别在花舞人间景区和大水南门广场举办了迎春灯谜展猜，悬谜1500余条；在花源镇迎新春艺术节上开展群众灯谜展猜活动，悬谜600条；在方兴镇的西瓜节上开展群众灯谜展猜活动，悬谜1000条。

2010年，新津灯谜学会先后在"文化三下乡"、庆元旦迎新年、纯阳观春节大庙会、水城新津民俗文化节等活动中开展灯谜展猜活动，共悬谜4000条。其中，在纯阳观为期3天的迎新春灯谜展猜活动中，参猜群众达5000余人次，猜中率超过80%。

2011年，新津灯谜学会先后在纯阳观春节大庙会、成都市非遗文化节新津分会场等地开展了灯谜展猜活动，悬谜2000条。猜谜群众一如既往地踊跃，猜谜水平持续攀升，猜中率达80%以上。

2012年，新津灯谜学会在纯阳观和大水南门广场同时开展了春节灯谜大联展活动，悬谜1200条，还先后举办了元旦、端午、国庆等节日灯谜展猜活动，悬谜1000条，共有5500余人次参加了活动。

2013年，新津灯谜学会开展了宣传党的十八大精神元旦灯谜展猜活动、纯阳观春节大庙会灯谜展猜活动、清明灯谜展猜活动、庆祝中华人民共和国成立64周年廉政精神主题灯谜展猜活动等，共悬谜3000条，逾6000人次参加了活动。

2014年，新津灯谜学会先后开展了"文化三下乡"灯谜展猜活动、纯阳观春节大庙会灯谜展猜活动、"我们的节日·中秋"灯谜展猜活动、国庆廉政建设主题灯谜展猜活动等，共悬谜2500条，参加群众6000余人次。

2015年3月3日—5日，新津灯谜学会与成都一生之城商业管理有限公司合作，在新津县老码头举办了新春大灯会灯谜展猜活动，悬谜1000条。

◎ 2001年，在"文化三下乡"活动中，灯谜走进了新平镇万街社区

2016年，新津县妇女联合会与新津灯谜学会在新津老君山景区联合举办了庆"三八"廉政谜语展猜活动，参加登山活动的1000余名妇女同志在登上老君山后，当即被悬挂在山顶的彩色谜笺吸引，兴致勃勃地投入猜谜活动。在灯谜老师的指导下，现场悬挂的300条有关廉政建设的灯谜就被猜中了80%以上。2017年"三八"国际妇女节，新津灯谜学会与新津县妇女联合会再次合作，将登山与猜谜相结合，把活动地点改在了老君山的登山起点。参加猜谜的妇女逾千人，她们的猜谜热情和猜谜水平都比去年有了很大提高，300条谜不到一小时就基本被猜完了。

2019年，新津灯谜学会先后举办了"文化三下乡"灯谜展猜活动和元旦、春节、劳动节、端午节、中秋节、国庆节等节日灯谜展猜活动。其中，在纯阳观春节大庙会上举办的为期3天的灯谜展猜活动悬谜近千条，参猜群众达5000余人次。许多来自外地的群众对新津灯谜赞誉有加，认为这是成都地区最具特色的活动之一。2019年，新津全年开展灯谜展猜活动22场次，悬谜5000余条，参猜群众达8000余人次。

2020年2月，新津县文化体育和旅游局在"新津旅游"微信公众号推出了灯谜竞猜活动。在首届社区灯谜大赛举行期间，新津灯谜学会深入新津4个村社区开展了主题灯谜展猜活动。

2023年春节期间，新津灯谜学会应天府农业博览园（简称天府农博园）的邀请，在园内的G3馆开展了为期7天的灯谜展猜活动，每天派出会员为参加活动的游客讲解猜谜技巧，并开展了两场现场灯谜抢猜活动，吸引了众多游客。此外，新津灯谜学会还分别在

◎ 2015年，新春大灯会灯谜展猜活动在新津老码头举行，现场悬谜1000条

农博园星河公园、老码头文化广场、普兴街道养正社区、五津廊桥广场等4个地方开展了"瑞兔迎新春　灯谜闹新年"灯谜展猜活动，悬谜1500条，近万人次参加活动。

第二节　专题灯谜宣传活动

　　除在重要节日开展灯谜展猜外，新津灯谜学会还发挥新津灯谜群众基础深厚的优势，与政府机关、各类机构团体合作开展了很多专题灯谜展猜活动，如计划生育专题、消防知识专题、环保知识专题、法律知识专题、党建知识专题、金融知识专题等，取得了良好的社会效果，受到了各界人士的欢迎。

　　1991年，新津灯谜学会与新津县公安局、防火安全办联合举办了"11·9"消防知识灯谜展猜活动，展出的消防知识灯谜全部被《人民公安报》刊登，在全国产生了积极影响。新津灯谜学会成为县防火委办公室的宣传联系重点单位，并签订了长期联办宣传协议书。此后每年11月9日，新津都举行了消防知识专题灯谜展猜活动。1991年11月，新津灯谜学会联合成都市计划生育委员会整理了全国第一本《计划生育灯谜集》，共收录计划生育专题灯谜2000条。

　　1992年6月5日"世界环境日"，新津灯谜学会与新津县环保局联合举办了为期2天的环保知识灯谜展猜活动，悬谜503条，并为该年世界环境日的主题"只有一个地球——一齐关心共同分享"创作了一组特奖谜。为了便于群众猜射，活动组委会还复印了部分环保名词术语发放给群众作为猜谜参考，也为广泛宣传环境保护知识起到了积极作用。6月20日和24日，为配合武阳镇消夏夜市的活动和宣传《中华人民共和国土地管理法》（简称《国土法》），新津灯谜学会在宝资商场门前举办了两场晚间灯谜展猜活动，悬谜300余条，并向群众发放了土地管理名词术语资料，受到广大群众欢迎。11月9日，新津灯谜学会与县公安局消防科联合举办了消防知识专题灯谜展猜活动，悬谜800条。1992年，新津全年编选的有关消防知识的谜题约5400条，起到了较好的宣传作用。

　　1993年和1994年，新津灯谜学会受邀参加四川省茶叶学会年会，并组织了茶文化灯谜知识展猜活动，为灯谜与茶文化的融合做了有益尝试。

　　1995年，新津灯谜学会配合《国土法》宣传，开展了国土知识灯谜有奖展猜活动，结合消防宣传开展了"11·9"防火知识灯谜有奖展猜活动。

　　2000年1月1日—2日，新津灯谜学会开展了由新津希望饲料厂协办的"希望新世界更美好"灯谜展猜活动。4月，新津灯谜学会受新津县地税局委托，开展了税收知识灯谜有奖展猜活动，悬谜300条。

2001年，新津灯谜学会与新津县综合治理办公室、地税局、依法治县办公室合作，开展了综合治理宣传、税法宣传、法制宣传日等主题灯谜展猜活动。

2002年3月，新津县开展"公民道德建设宣传教育月"系列活动，其中灯谜巡回展猜的首场活动在新津县惠丰路南延线21街区举行。活动共推出各类公民道德建设相关谜语1000余条，《成都日报》、《新津报》、新津电视台等多家媒体对活动进行了报道。

2009年，为配合环保宣传，新津灯谜学会组织开展了环保知识灯谜展猜活动，悬谜500条。在方兴乡首届西瓜节上，新津灯谜学会开展了为期3天的灯谜展猜活动，悬谜1000条，几千名群众在享受西瓜丰收的喜悦时，也体验了灯谜文化带来的欢乐。

2011年6月，新津灯谜学会在花桥镇举办的第一届新津风筝节上开展了为期3天的灯谜展猜活动，悬谜1000条。同月27日，新津灯谜学会又与新津县政务中心合作，举办了政务工作主题灯谜展猜活动，悬谜100条。

2012年1月，新津灯谜学会为新津县图书馆提供了200条阅读主题灯谜，供图书馆开展猜谜活动。10月22日，新津县老年人协会在新津体育馆举行了庆祝重阳节的活动，新津灯谜学会应邀开展灯谜展猜活动，悬谜600条。此次活动引发了老年群众的猜谜热情，准备的奖品在2个小时内就被兑完。

2013年11月，新津灯谜学会配合新津县老科协举办的"科普进校园"活动，到普兴中学开展了科普灯谜展猜活动，受到了学校师生们的热烈欢迎。

2014年3月12日，在新津县科协、老科协开展的"科技之春"科普系列活动启动仪式上，新津灯谜学会配合开展了科普专题灯谜展猜活动，受到来自四川省和成都市科技单位领导与专家的一致好评。12月19日，新津灯谜学会在新津中学传统文化节中开展了灯谜展猜和现场抢猜活动，全校师生踊跃参加，场面十分热烈。

2015年6月16日，新津灯谜学会与新津县市场监督管理局合作，在新津县百溪堰湿地公园开展了"全国食品安全周"宣传活动，展出食品安全主题灯谜300条，1000余人次参加了活动。

2016年5月，由新津县网信办、新津县营销办主办的"花舞水城·云瞰新津"航拍大赛暨"竹林品夏"航模嘉年华活动在新津宝资山公园和岷江竹海绿地举行。新津灯谜学会组织创作、编选了相关主题灯谜600条，在现场进行展猜，引起前来参赛的全国各地航拍爱好者的浓厚兴趣，纷纷参与了猜谜活动。6月，新津灯谜学会配合新津县档案局，在彩虹桥广场开展了"国际档案日"宣传活动，创作编选了有关档案管理及其法规术语的灯

谜150条供群众猜射，让群众通过有趣的灯谜活动了解到更多档案知识。

2017年4月，新津灯谜学会与新津县地税局合作，在花舞人间景区举办了"传承非遗文化 提高税法遵从"专题灯谜展猜活动，展出灯谜300条。12月，"宝墩迈向新时代 原始化妆狂欢夜"首届大型户外音乐节在新津机场开幕。为扩大宝墩文化的影响力，宣传贯彻党的十九大精神，新津灯谜学会创作编选了相关主题灯谜300条在现场进行展猜，还特别设置了5个特等奖谜组，激发了群众的猜谜热情。

2018年1月，新津县首届名优特土年货节在九莲渔乐村开幕，新津灯谜学会在会期的两个周末开展了4场灯谜展猜活动，悬谜600条，为助力农村经济发展贡献了力量。3月15日，由新津县市场监督管理局主办，新津灯谜学会协办的以品质消费为主题的"'3•15'国际消费者权益日"灯谜展猜活动在百溪堰湿地公园举行。现场悬挂了以宣传《中华人民共和国消费者权益保护法》为主要内容的灯谜300条，1000余名群众踊跃参猜。3月18日，新津县第二届修觉山文化节暨"二月二龙抬头"民俗活动在新津县老码头举行。新津灯谜学会应邀参加了该项活动，并在活动现场悬挂了相关主题灯谜200条。

2019年3月，在新津县梨花节期间，新津灯谜学会配合新津县文旅部门在梨花溪景区开展了7场以梨花文化为主题的灯谜展猜活动。灯谜学会全体会员创作灯谜400余条，加上以反腐倡廉、社会主义核心价值观、法治建设、旅游、环保以及精神文明建设等为主题的灯谜，共展出灯谜1500余条，吸引了众多游客，为新津旅游活动增添了新的亮点。新津灯谜学会还配合新津县市场监督管理局和消费者协会，在"'3•15'国际消费者权益日"开展了以"信用让消费者更放心"为主题的灯谜展猜活动；与新津县工商联合会一起，在新津县2019年乡村旅游文化暨餐饮技能大赛上，推出了以旅游、餐饮、美食为主题的灯谜展猜活动；配合新津县司法局，在"国家宪法日"开展了以法治宣传为主题的灯谜展猜活动。此外，新津灯谜学会还先后为新津县供电局、老干部活动馆等单位提供开展活动用的灯谜400余条。

2020年12月4日，新津灯谜学会配合新津区司法局在三渡水广场开展了法治教育宣传主题灯谜展猜活动。

通过开展各种灯谜知识普及和主题展猜活动，新津灯谜在社会上形成了很好的传承风气，街头灯谜展猜的猜中率也日渐提高。

◎ 2018年，在新津老码头举办的新津县第二届修觉山文化节暨"二月二龙抬头"民俗活动上，灯谜无疑是一道亮丽的风景线

◎ 2019年，在新津梨花节开展了以梨花文化为主题的灯谜展猜活动

第三节　校园灯谜活动

除了开展各种形式的灯谜展猜活动外，新津灯谜学会为了使灯谜文化能在新津传承下去，还大力培养谜坛新人——分别在新津二中、五津中学、花桥中学、华润学校等多所学校开辟第二课堂，系统讲授灯谜知识，并在学校里成立了少儿灯谜组和学生灯谜组。同时，与新津中学和新津区外国语实验学校合作，创造性地将传统文化、地方文化和校园文化有机结合，让非物质文化遗产走进校园，并通过开设"中华灯谜基础知识"选修课等多种方式，加深了学生对中华优秀传统文化的了解。此外，新津灯谜学会还多次组织学生参加全国性和国际性的灯谜比赛，并取得了良好成绩。

自2013年起，新津灯谜学会与新津中学和新津区外国语实验学校合作，以会长解俊峰和新津灯谜成都市非遗传承人喻光明为主要师资，开设了"中华灯谜基础知识"选修课。在课堂上，解俊峰、喻光明两位老师将成都文化、新津历史和学科知识等相结合，融知识性、思想性、趣味性于一体，培养学生的记忆、想象、探索、分析、判断、推理等能力。每年高一和高二年级都有100余人选修该课程，内容包括猜谜法门、灯谜谜体、猜谜技巧、谜

格简介、花色谜等。比如将灯谜与中国古诗句相结合——"夕阳西下,断肠人在天涯（作家）莫怀戚"。"中华灯谜基础知识"选修课大大激发了学生对中华优秀传统文化的热爱之情。

　　新津灯谜学会创新灯谜宣传形式，将灯谜活动有机嵌入一年一度的新津中学校园文化节。文化节期间，学会组织参加"中华灯谜基础知识"选修课的学生回到自己班上为全班同学讲一次有关灯谜竞猜的知识，并举办一次以灯谜文化为主题的班级灯谜文化大联展手抄报活动。学校专门派语文老师对手抄报进行评比，将评选出的优秀作品张贴于学校醒目位置进行宣传，对优秀者予以奖励。以参加"中华灯谜基础知识"选修课的同学为主，开展原创灯谜大赛活动，鼓励全体学生创作灯谜，并将其中的优秀灯谜收集起来，专门请书法老师书写谜条，悬挂在校内树上进行展示，使之成为学校一道亮丽的风景线。每年12月，在新津中学举行以灯谜为主题的传统文化节，形式分为静态猜谜和动态猜谜两种，谜条分别由选修课的学生、学校老师和新津灯谜学会的老师创作。

◎ 2013年，新津灯谜学会在新津中学开设"中华灯谜基础知识"选修课

◎ 在新津中学，"中华灯谜基础知识"选修课老师解俊峰指导学生猜谜

在"中华灯谜基础知识"选修课逐渐成熟之后，新津灯谜学会开始将课程与综合实践活动结合起来，将灯谜知识与其他学科相融合，打破学科壁垒，彰显灯谜文化的优势。语文教师讲授以灯谜为主题的综合性实践课，先以猜谜引起学生的兴趣，再以故事猜谜语，最后制谜猜谜。如将猜谜与成语结合起来设计——"建设物质文明和精神文明（成语）两全其美"。又如，将猜谜与识记作家名联系起来设计谜面——"岂能白活一辈子（外国童话作家）安徒生"。政治老师在讲授科学发展观时，以猜灯谜的形式切入，出一条谜面为"反对迷信，开阔视野"的谜题，然后揭晓其答案为"科学发展观"，让课程趣味盎然。

在新津中学和新津区外国语实验学校培养出不少爱灯谜、传灯谜、制灯谜的学生后，为了更广泛地传播中华优秀传统文化，新津灯谜学会组织学生灯谜爱好者到学校、企业宣传灯谜，展出学生自制灯谜，将灯谜知识与社会服务相结合，受到学校和企业的欢迎。这些学生还积极参与本地重大节日的灯谜制作和猜射活动，在参与过程中不仅锻炼了自身的协作沟通能力，还感受了中华优秀传统文化的魅力。

"中华灯谜基础知识"选修课深受学生欢迎，报名选修人数逐年增长。每年在新津中学举办的灯谜文化主题校园文化节的社会反响都很好，成都电视台、成都教育电视台、四川电视台、四川新闻网等媒体都给予了报道。新津的学生灯谜爱好者多次参加全国和国际性的灯谜比赛，开阔了眼界，丰富了阅历，增强了传承中华优秀传统文化和非物质文化遗产的意识。2014年10月，新津中学因在传承中华优秀传统文化方面成绩突出，被中国教育学会评为"优秀传统文化进校园"项目首批试点学校。

◎ "灯谜盲盒越千年"活动展厅别具特色

◎ 2023年，解俊峰作为"国风解谜师"为"灯谜盲盒越千年"活动的参与者们做引导

◎ 2023年9月23日，成都市文联主席杨晓阳体验"灯谜盲盒越千年"活动并获得抽奖机会

第四节　媒体灯谜普及活动

　　1994年—1996年，新津灯谜学会与成都市锦江区天安生活用品经营部合作，在新津电视台开办了每周一期的灯谜节目《乐在谜中》。喻光明主讲猜谜知识，每期出5条谜给观众猜射，然后对全部答对的观众在下一期进行抽奖。该节目一经推出，就受到观众的普遍喜爱，每期收到观众来信200余封。新津周边的双流、崇州、邛崃、蒲江、大邑、彭山、眉山等县、市的群众都爱收看该节目。该节目总共播出30余期，累计收到观众来信6000余封。该节目在短期内即在社会上形成猜谜热潮，全家等着收看节目、一起讨论答案的情况比比皆是，获得了良好的社会反响。

1995年《新津报》创刊后，专门为新津灯谜学会开辟了灯谜普及园地——《谜友之间》有奖竞猜栏目，并连续不断地推出各类有关灯谜的文章和栏目，刊登了《五津渡的谜苑精英们》《好个"蔡老虎"》《火红的谜乡》《灯谜之乡，龙腾虎跃》《走过山城》等专题推介文章，让更多群众对灯谜知识有了深入了解，并参与灯谜活动。

2010年—2012年，《今日新津》报与花舞人间景区联合举办了每周一期的《大家都来猜》栏目。为了让更多群众对灯谜有所了解，同时也为了发掘新人，时任新津灯谜学会副会长的龚贵明每期写一篇有关猜灯谜的文章发表在《今日新津》报，同时对上一期的谜语进行点评。文章共刊登了142期，社会反响非常好。

2017年，新津灯谜学会与新津县新闻中心合作，利用新媒体推广中华优秀传统文化，在县新闻中心的微信公众号"宝墩名堂"中，推出"张大公馆猜猜猜"灯谜有奖竞猜栏目。该栏目由新津灯谜学会会长解俊峰主持，每周六早上10点发布视频，每期出3题，并在讲解上期谜题的过程中传授猜谜技巧。

第五节 "灯谜盲盒越千年"活动

灯谜，在不同的历史时期应有不同的形态和猜射方法。随着时代的发展和科技的进步，将灯谜悬挂在灯笼上进行猜射的传统方式，已不太适应时代发展的多元化需求。2023年，新津灯谜学会策划了一种融灯谜知识普及和灯谜猜射为一体，更具互动感、体验感的沉浸式中华灯谜闯关游戏——"灯谜盲盒越千年"，让参与者用眼睛、大脑和身体，切身体验古蜀文化的历史深度，品味新津的古蜀文明底蕴和城市文脉，感受古蜀文化的无穷魅力。

该项目的游戏规则如下。

（1）组建闯关队伍。队伍由2～5人组成，可以是朋友、情侣、亲子、同事、同学等，若是个人参与，可在现场随机组队。

（2）闯过六道关卡。第一关为"说文解字"，参与者需对汉字进行简单拆解；第二关为"歌谣谜语"，参与者需猜射传诵于民间的流行歌谣谜语；第三关为"分曹射覆"，把一个词分开，中间加空格，让参与者填入符合要求的字；第四关为"灯谜悬猜"，参与者需猜射悬挂在灯笼上的智力谜题；第五关为"花色灯谜"，参与者通过观看选中的视频来猜射灯谜；第六关为"联想谜题"，主持人出一题，依次做4次提示，层层递进，众人抢猜。

（3）选择灯谜盲盒。每关有若干个灯谜盲盒，参与者事先并不知道谜题是什么，现场选择盲盒，打开后才知道谜题的内容和难易程度。整个过程充满悬念、趣味、偶然和惊喜。

（4）获取过关勋章。每关过关后，参与者即可获得过关勋章，集满六个勋章，可获得"灯谜闯关勇士队"称号和一次抽奖机会。

新津灯谜学会为优胜者提供了新津灯谜系列特色文创产品作为奖品。天府农博园为"灯谜盲盒越千年"活动提供了一个近400平方米的独立展厅。策划者利用灯笼、书法、稻谷、长缦等元素，布置了充满书香和稻香的简朴展厅。展厅于2023年9月23日正式开放。当天正是第二届成渝灯谜邀请赛的决赛日，下午所有参赛人员和嘉宾评委都观摩了"灯谜盲盒越千年"活动。中华灯谜学术委员会主任郑育斌、成都市文联主席杨晓阳、新津区委宣传部部长叶哲彦等现场试玩了一轮灯谜闯关游戏，对该项目给予了充分肯定。郑育斌主任认为新津的"灯谜盲盒越千年"活动是全国首创，是灯谜产业化的有益尝试。截至2023年12月底，参与"灯谜盲盒越千年"活动的群众已达10 000余人。

第三章 参加灯谜赛事

在新津老一辈谜人的辛勤耕耘和年轻谜人的不懈努力下，新津谜人的谜艺水平得到了很大提高。自20世纪80年代起，新津代表队在国家和省内的各种灯谜比赛中取得了良好的成绩。

第一节　参加全国灯谜赛事

1989年，《中国谜报》社举办了首届中国灯谜国际大奖赛，通过在《中国谜报》上刊载赛题，参赛者函寄会猜的形式进行比赛。新津灯谜学会李志坚参赛，并于1990年1月获得"中国灯谜好射手"称号。

1991年3月，喻光明创作的灯谜在海内外灯谜创作大赛中获得"最佳灯谜奖"。

1994年9月，李志坚应邀赴河北保定参加中华灯谜学术委员会成立大会及中华灯谜国手赛。

1998年10月，新津灯谜学会派李志坚为代表，赴广东省中山市参加纪念辛亥革命灯谜大会暨"新旅程杯"全国灯谜精英赛。

1999年7月，中国文学艺术界联合会、中华灯谜学术委员会联合举办了全国首届灯谜论文赛。新津县黄卫撰写的《迷人的灯谜之乡》、蔡元俊撰写的《景意贵交融，现实寓其中——兼谈灯谜与美学间的共性》获得优秀奖。

2015年12月，在新津灯谜学会的努力下，中央电视台《中国谜语大会》栏目组邀请新津中学组队参加《中国谜语大会》。2016年1月4日，《中国谜语大会》导演到学校选拔参赛选手，确定高二年级的李静、田锐、黄山桓代表学校参赛。当年元宵节，三位同学组成的新津中学代表队亮相央视，并获得优胜奖。

2016年4月30日，由黄山桓、陈雨露、杨思汗三位同学组成的新津中学代表队赴福建晋江参加第三届中华灯谜文化节。新津中学代表队战胜了众多海内外队伍，获得高中组铜奖；黄山桓同学获得高中组个人二等奖。

2017年5月27日—29日，由中华灯谜学术委员会与翔宇教育集团联合主办的第四届中华灯谜文化节暨首届华人中学生灯谜大会在浙江省温州市翔宇中学举行。新津中学的冯柏深、蔡依偌在经过层层选拔后，组成了新津中学代表队参加了此次比赛，与来自新加坡以及我国广东、福建、江苏、上海、山东、四川、安徽、湖南、陕西、台湾等地的16支学生代表队角逐。在5月28日上午的预赛笔答环节，新津中学代表队战胜多个老牌灯谜

第三章　参加灯谜赛事

◎ 2016年，新津中学代表队参加央视《中国谜语大会》节目

◎ 2016年，新津中学代表队赴晋江参加第三届中华灯谜文化节

强队，以总分109.1分获得第六名。在28日下午的电控决赛中，新津中学代表队与预赛第二名的福建省石狮市华侨中学代表队对决，遗憾未能晋级前三名。最终，新津中学代表队获得团体优胜奖。

2018年6月17日—20日，"海丝杯"第五届中华灯谜文化节暨石狮第七届中华灯谜艺术节在福建石狮市举行，新津老谜家萧文亿的灯谜作品"不是愁中即病中（成语）生于忧患"获得第五届"雁云灯谜艺术奖"。

2018年9月22日，由中华灯谜学术委员会主办，西安市曲江一中、长安文虎社承办的首届校园灯谜大会在西安市曲江一中举行。大赛分为个人笔试精英赛、校园灯谜个人电控赛、校园灯谜团体电控赛三项。由李诗雨、张攀勇、张昕宇组成的新津中学代表队与来自全国各地的11支代表队角逐。比赛间隙，中华灯谜学术委员会主任郑育斌专门与新津中学代表队合影，勉励队员们肩负起传承中华优秀传统文化的使命，成为宣传灯谜文化的种子。

2018年10月5日—7日，"南翔杯"全国中学生灯谜邀请赛在上海举行。比赛分为个人赛和团体赛，设置有抢答题、必答题、风险题等多个轮次。赛题的谜面、谜底取材广泛，内容丰富，从民间俗语、成语、诗词，到耳熟能详的网络用语、名人、日常用品等，将传统文化与当下热点相融合。新津中学外国语实验学校（现为新津区外国语实验学校）的白懿、刘丹宜和胡倩倩三位同学在老师袁蓉的带领下参赛。在与来自上海、江苏、浙江、福建、广东、四川、安徽、江西等地的几十支队伍的激烈角逐中，新津中学外国语实验学校的参赛选手尽展才情和智慧，获得个人赛铜奖和团体赛铜奖。

◎ 2018年9月，首届校园灯谜大会（西安）的决赛现场

2023年10月1日，由中华灯谜学术委员会与广东省饶平县人民政府共同主办的"商会杯"第八届中华灯谜文化节在饶平县石壁山风景区开幕。本届中华灯谜文化节分别进行了中华灯谜精英赛（个人赛）、环球华人灯谜大展猜、中华灯谜"常青树"对抗赛（个人赛）、中华灯谜巅峰争霸赛（团体赛）以及中华灯谜艺术传承与创新论坛等活动。中华灯谜文化节是全球华人灯谜界规格最高、参赛范围最广、影响最深远的赛事，被誉为灯谜界的"奥林匹克"。来自全国各地及美国、新加坡、马来西亚等国家的约50支灯谜代表队共计250多名嘉宾及参赛选手会聚饶平。新津灯谜学会派出龚贵明、方茂良、夏应全等3人参加了本次艺术节。最终，夏应全获得竞猜个人优胜奖，新津老谜家萧文亿的灯谜作品"全面改革抓重点，重点改革带全面（三国人）王琰"，获得了我国灯谜界最高荣誉奖——"雁云灯谜艺术奖"。

第二节　参加省内灯谜赛事

1981年，成都市首届职工谜会在成都市劳动人民文化宫举行，新津派代表参会。

1983年10月，全国首届"三苏"谜会暨全国灯谜函寄展猜大会在四川省眉山市举行。新津代表队的童汝锷、蔡元俊参赛并获得特等奖。

1986年4月，四川省精英谜会暨成都市第二届职工谜会在成都工人文化宫举行，来自全省31个单位共150余人参会，新津派出童汝锷、蔡元俊、喻光明、龚贵明参赛。

1988年10月，四川省第四届职工灯谜会猜在南充市举行，全省26个代表队共100多位谜手参赛，新津灯谜学会派出8人参赛。最终，李志坚获得"与虎谋皮"项目第六名，龚贵明、张吉仁分别获"与虎谋目底"项目第四和第八名。

1989年7月，成都市首届灯谜会猜在都江堰举行，新津代表队获得团体总分第三名，蔡元俊、张正平、方茂良分获"个人猜射"项目第一、第三和第五名，喻光明、李志坚分获"个人谋目底"项目第二和第三名。在本次大会上，成都市灯谜学会正式成立，新津文化馆副馆长喻光明、新津县工人俱乐部副主任张建中被选为首届理事会理事。8月，四川省第五届职工灯谜会猜在达县举行，新津灯谜学会派出两支队伍参赛。新津一队获猜射团体第一名，新津二队获"谋皮"团体第二名，李志坚获"个人猜射"项目第二名，喻光明获"个人谋皮"项目第三名，龚贵明、蔡元俊、方茂良分获3个单项的前10名。12月，为庆祝

成都解放40周年，成都市文化局、成都市教育委员会、成都市电视台、成都市群众艺术馆、成都市灯谜学会、成都市东城区（今成都市锦江区）青少年宫联合主办了成都市首届少年儿童灯谜大赛。来自成都市36所中小学的52支代表队共200余名小谜手进行了为期7天的比赛。最终，新津二中的两支队伍分获团体第三名和第五名，队员杨丽娜获个人第二名，有3名队员被评为"成都市最佳少儿谜手"，有3名队员被评为"成都市优秀谜手"。

1984年—1989年，新津代表队在四川省文化宫举办的第一至第五届灯谜大赛中均名列前三，在四川省职工灯谜协会举办的灯谜竞赛中连续夺得三次团体冠军，成绩令人瞩目。

1990年12月，成都市第二届灯谜会猜暨成都市灯谜学会年会在都江堰市工人文化宫举行，来自市属各区（市）县的企业、职工俱乐部、文体协会、文化馆等10个单位的37名选手参加了大会。

1991年6月，四川省第六届职工灯谜会猜在成都市劳动人民文化宫举行，由四川省工会宣教部、四川电视台、四川省绵竹剑南春酒厂主办的四川省职工党的知识灯谜竞赛也同时举行，新津灯谜学会派出李志坚、喻光明、蔡元俊组成新津代表队参赛。来自全省的33支灯谜代表队共150余名选手进行了预、决赛角逐。最终，新津代表队获得了团体冠军，队员喻光明获得了"个人创作"项目第一名，喻光明、李志坚获个人一等奖，蔡元俊、方茂良获个人三等奖。《工人日报》《四川工人日报》《成都晚报》报道了本次谜赛，四川电视台播放了比赛专题录像。9月，成都市第三届艺术节期间，成都市第三届灯谜会猜在市艺术馆、文化宫及人民公园主会场举行，来自市属各区（市）县文化馆、工会及厂矿企业的13支代表队共42名选手参加了本次大赛。最终，新津代表队获团体二等奖，李志坚获"个人猜射"项目二等奖，高学东获"个人猜射"项目三等奖，喻光明获"个人创作"项目三等奖。

1992年7月，由成都市总工会、市文化局、市灯谜学会主办的国情基本知识、工会法知识灯谜竞赛暨成都市第四届灯谜会猜在大邑县举行，由蔡元俊、喻光明、李志坚组成的新津县文化局代表队获团体冠军，艾世源、刘宁涛、覃鲜组成的新津县燃料建材公司工会代表队获团体三等奖。

1993年5月，中国近代史知识灯谜竞赛暨成都市第五届灯谜会猜在新津县文化馆举行。

1994年1月，由四川省总工会、省职工灯谜协会、乐山市总工会、国营乐山五通桥锅厂联合主办的"桥牌电炒锅杯"四川省第七届职工灯谜会猜在乐山市文化宫举行，全川共200余人参赛。由李志坚、喻光明、方茂良组成的新津代表队获团体冠军，方茂良获"个人全能"项目第一名，喻光明、李志坚分获"个人全能"项目第二、第三名，蔡元俊获"个人创作"项目第一名。第一次组队参赛的新津筑路机械厂代表队也取得团队第15名的好成绩。蔡元俊还代表新津队做客嘉州经济广播电台，回答了听众有关乐山市和新津县的文化、经济现状和未来发展前景，以及新津人民与乐山人民的友谊的提问，取得了良好效果。

第三章 参加灯谜赛事

◎ 1995年12月，李志坚（左1）、倪松泉（左2）、蔡元俊（左3）、汪扬善（左4）、喻光明（左5）组成新津代表队参加四川省第八届职工灯谜会猜获得团体电控抢猜第一名

8月，由成都市文化局、市总工会主办的社会主义市场经济知识灯谜竞赛暨成都市第六届灯谜会猜在崇州市举行。新津代表队获团体第一名，龚贵明、李志坚分获"个人全能"项目的冠、亚军，方茂良、蔡元俊分获"个人猜射"项目的第二和第三名。

1995年8月，由成都市文化局、市总工会主办的"建设文协杯"成都市第七届灯谜会猜在成都市光明器材厂举行，新津代表队获团体二等奖。12月，由四川省总工会、省职工灯谜协会主办的"白塔山杯"四川省爱国主义知识灯谜竞赛暨四川省第八届职工灯谜会猜在宜宾市举行。由蔡元俊、李志坚、喻光明、汪扬善、倪松泉组成的新津代表队，在初赛总分落后于重庆二队34分的不利情况下，在决赛中发挥了超常水平，以绝对优势夺得了团体电控抢猜第一名，再次蝉联团体冠军，成就了"三连冠"的辉煌战绩。在个人比赛项目，新津代表队的队员还获得了"个人全能""个人猜射""个人创作"项目的全部第一名，其中李志坚获"个人全能"和"个人猜射"项目第一名，喻光明获"个人创作"项目第一名。他们也因此被谜友们戏称为"片甲不留"，创造了四川职工灯谜竞赛中的佳

绩。为此,《中华谜报》在头版刊载了《新津——火红的谜乡》专题报道。当队员们回到新津时,县委、县政府专门组织召开了庆功会,向队员们表示了祝贺和慰问,省市灯谜协会领导邹自立、苏志祥、郭金华、朱向东等也从成都赶来表示祝贺。新津县委书记钟光林在会上对新津灯谜学会进行了表扬,号召大家向新津灯谜学会学习,为新津县争光。

1996年10月,由成都市文化局、市总工会主办的"建行杯"成都市第八届灯谜会猜在成都青白江区举行,新津派出两支队伍参赛,分获团体二、三等奖。

1997年10月,由成都市文化局、市总工会主办的成都市第九届灯谜会猜在双流县举行。新津县新蓉新股份有限公司代表队获团体二等奖,新津富龙饲料厂代表队获团体三等奖;蔡元俊、龚贵明、方茂良、夏应全、邓学文、陈凤桃、陈艳梅获个人二等奖,解俊峰、萧文亿、倪松泉、曾天成获个人三等奖。

第四章 灯谜文化交流

自20世纪80年代起，新津谜人对外开展了多种形式的文化交流活动，与国内的灯谜高手、灯谜组织切磋谜艺，取得良好的效果。同时，新津谜人利用微博、微信群、视频号等网络新媒体开展灯谜文化交流，展现了新津灯谜艺术的风采和特色。

第一节 20世纪八九十年代的灯谜文化交流活动

1991年6月，中国香港著名谜家刘雁云、张伯人，广东省谜学研究会会长郑百川，广东省谜学研究会副会长、澄海县灯谜协会会长张哲源，以及泰国潮州会馆灯谜组副主任、著名谜家卢山夫，在成都市谜协副秘书长康德勋，理事周发仁、何志铨的陪同下，到新津开展灯谜交流活动。

1992年4月27日，新津县文化局邀请了成都市及下属区县的专家学者，举办了一次集学术交流、音乐、舞蹈、书法、篆刻、戏剧演唱于一体的茶文化联谊会。新津灯谜学会以茶为谜材创作了近100条灯谜，引起与会专家学者的极大兴趣，纷纷参与现场抢猜，将联谊会的气氛推向高潮。

1992年5月，新津灯谜学会喻光明的灯谜作品应邀参加1992年澄海灯谜节的中华灯谜佳作展。

1993年5月，由成都市总工会、文化局主办，新津县文化局、总工会承办的中国近代史知识灯谜竞赛暨成都市第五届灯谜会猜在新津县举行，来自全市的15支代表队参加了比赛。

1994年6月4日，《乐在谜中》节目在新津有线电视台正式开播。

1994年11月，中央电视台茶文化专题系列片摄制组到蒲江县拍摄，对新津县以灯谜形式开展茶文化活动很感兴趣，特地摄下了多组镜头。该片在全国播出后，取得了良好的反响。

1995年1月，新津灯谜学会的喻光明、李志坚受邀到成都市文殊茶馆主持了一场别开生面的元宵谜会，四川省文化界和茶叶界的知名人士、专家、教授汇聚一堂。会场上悬挂的谜条和彩灯交相辉映，增添了浓浓的节日气氛。著名画家赵蕴玉、岑学恭、戴卫、黄纯尧及其弟子联袂题诗作画，省、市十余家新闻单位的记者到场采访。

1997年10月，新津灯谜学会一行12人赴重庆开展了为期一周的灯谜交流活动，先后与重庆市谜联委、重庆铁路分局谜协、建设集团工会谜协进行座谈，交流谜艺，并参加了在重庆市文化宫开展的灯谜展猜活动。

1998年10月5日—7日，中华灯谜学术委员会第二次全国代表大会在广东省南澳县召开，新津灯谜学会会长蔡元俊作为四川省唯一的正式代表赴会，并当选为第二届全委会委员。

第二节 21世纪的灯谜文化交流活动

2006年8月，新津灯谜学会龚贵明赴浙江嘉兴拜访谜友孙华，双方互赠两地灯谜书刊。

2007年，龚贵明赴湖南长沙拜访敖耀寰、尹海军等谜友，就灯谜的创新进行探讨；赴安徽拜访骆岩、吴家宏、陈清泉等谜友。

2009年，龚贵明赴沈阳拜访苏颖、侯印、侯洁等10余位谜友，获赠大量谜刊。

2010年1月，新津灯谜学会在花舞人间景区举行2009年年会，邀请了乐山市、峨眉山市和成都市的谜友出席会议，开展联谊交流。

2010年5月13日—16日，西安世界园艺博览会灯谜创作大赛颁奖活动在西安举行，新津灯谜学会喻光明应邀参加此次盛会。

2010年7月，由成都市社科联、《成都日报》社、中共新津县委宣传部、新津县社科联联合主办，新津灯谜学会承办的第五期成都学术沙龙在新津县新平镇举行，会上专题讲解了新津灯谜的发展历程。

2011年4月，中华灯谜新津论坛在新津花舞人间景区成功举行，来自全国十个省、市的灯谜高手和谜界名宿齐聚一堂切磋谜艺。此次论坛推出了灯谜辩论赛这一崭新的竞赛形式，开灯谜历史之先河，引起全国灯谜界的关注。同月17日，中央电视台播出《欢乐中国行·魅力新津》节目，新津灯谜再次被展现在亿万观众面前。12月，新津灯谜学会在"花舞人间"景区召开了2011年年会，并邀请了中国非物质文化遗产四川分院、新津电视台、新津县文联、新津县社科联、成都图书馆阳光读友会、成都诗词楹联协会新津组以及成都主城区谜友参会联谊。新津灯谜学会会长解俊峰和花舞人间景区总经理何晓冬共同为新津灯谜艺术馆揭牌，随后举行了灯谜擂台赛。

2012年11月，新津灯谜学会的喻光明作为应邀嘉宾，赴广东省深圳市参加了"居佳杯"首届灯谜文化节，带去了新津的谜刊、谜笺、谜作和灯谜活动摄影图片、灯谜艺术馆资料、贺联等，与全国各地的谜友进行了交流。

2015年9月19日—23日，新津灯谜学会副会长龚贵明参加了第二届中华灯谜文化节华山国际谜会。该届谜会别开生面地举办了我国首次灯谜资料专场拍卖会。拍卖会由龚贵明全程主持，共推出灯谜资料拍品62件，受到了灯谜爱好者和谜书收藏者的大力追捧，很多拍品都以超过起拍价10倍甚至更高的价格成交。最终62件拍品悉数拍出，无一流拍。

2016年4月，第三届中华灯谜文化节在福建晋江举办，新津灯谜学会会长解俊峰带领新津中学代表队前往参赛并学习交流。

2017年5月，第四届中华灯谜文化节暨首届华人中学生灯谜大会在浙江省温州市举行。新津灯谜学会喻光明带领新津中学灯谜代表队参加了本次文化节和中学生灯谜大会。

2018年6月17日—20日，新津灯谜学会喻光明参加了"海丝杯"第五届中华灯谜文化节暨石狮第七届中华灯谜艺术节，此次艺术节举办了创作赛、竞猜赛、灯谜展猜、交流研讨等系列活动。

2021年12月，应川南灯谜联谊会的邀请，新津灯谜学会的喻光明、方茂良、龚贵明携自制灯谜和灯谜文创茶杯参加了"2021川南谜界同仁泸州行"活动。活动中，他们与川南谜友进行了谜艺交流，并在灯谜谜艺研讨会上做了发言。

◎ 2021年12月，应川南灯谜联谊会邀请，新津灯谜学会组团参加"2021川南谜界同仁泸州行"活动，与川南谜友进行谜艺交流。

2023年10月,"商会杯"第八届中华灯谜文化节在广东省饶平县石壁山风景区举行,新津灯谜学会受邀参加。文化节期间,成都朱康福撰写的《灯谜活动助力社区文化建设路径探究——以新津区社区灯谜大赛为例》获得了中华灯谜"金虎奖"2022年度最佳谜文奖,该文详细阐述了新津开展的社区灯谜赛在全国灯谜界开创了一种新模式。在中华灯谜艺术的传承与创新论坛上,福建蔡芳上台宣讲的获奖论文《关于传统灯谜艺术创造性转化的思考》,用很长篇幅介绍了新津灯谜的创新,着重肯定了新津灯谜创办品牌灯谜赛事、"谜上大运"系列灯谜活动与体育赛事结合、"国风解谜师"网络灯谜竞猜、"新津灯谜·百年百谜"文创笔记本等创造性探索。在10月2日的中华灯谜学术委员会常委会(扩大)会议上,郑育斌主任做了主题讲话,详细阐述了新津"灯谜盲盒越千年"活动和"灯谜大家乐"闯关游戏,认为它们是对灯谜艺术的创新性探索和转化。

第三节　利用网络和新媒体进行灯谜文化交流活动

随着互联网的发展和普及,新津灯谜与时俱进,利用网络和新媒体开展灯谜文化交流活动,对灯谜的推广和普及起到了积极的促进作用。

(1)"爱向虎山行"新浪博客。2009年8月,新津灯谜学会副会长龚贵明开通了新浪博客"爱向虎山行",并开设了"灯谜散打""新津谜会散打"专栏,发表博文2718篇,点击量2176万次,有25 474人关注了该博客。

(2)解俊峰灯谜文化系列视频。2021年7月—2022年4月,解俊峰在抖音、快手、小红书等新媒体上发布了174期灯谜短视频,全网阅读量超过1000万次,有10万多粉丝关注。最初,解俊峰以天府农博园、乡间小路、梨花溪等新津的代表性场景为背景,拍摄了与女儿问答式的解谜短视频30期,每期1分钟;后来,解俊峰将父女问答改为知识分享,每期用5分钟讲述对某个传统文化点的思考,讲述结束时出一条灯谜给观众猜,这类视频每周发布2期,共发布了144期。

(3)《谜上大运》宣传视频。2023年7月28日—8月8日,第31届世界大学生夏季运动会在成都举行,大运会执委会拟同期开展大运文化交流活动。为在全世界人民面前展示本土非遗文化,新津灯谜学会联合执委会共同推出了《谜上大运》系列视频。其中,

主视频由成都传媒集团负责拍摄和宣传推广,新津灯谜学会负责制谜和文案。主视频时长3分钟,通过场景转换,让一位女演员穿行在新津的5个标志性景点间,同时变换5个不同朝代的服装,从古代穿越到现代,最后来到成都大运会,以此来展示新津独特的历史文脉和内涵。6个场景各配一条灯谜,要求谜题既雅致又符合景点主题,形成6条分视频。新津灯谜学会为此进行了多轮集体创作,最终导演组采纳了下面的这组灯谜:

宝墩走向新时代,瑶池王母自培栽,光明金乌迎眼开。

弄潮儿向涛头立,你却总往巅峰迈,锦官城里待君来。

"宝墩走向新时代"是喻光明的旧作,谜面包含了新津的古迹——宝墩古城,猜成语"古往今来";"瑶池王母自培栽"源自《西游记》回目,描写王母娘娘在天上种了很多农作物,猜新津景点"天府农博园";"光明金乌迎眼开"是解俊峰自撰句,猜新津景点"纯阳观";"弄潮儿向涛头立"出自宋代潘阆的《酒泉子·长忆观潮》,猜新津景点"水上运动中心";"你却总往巅峰迈"是解俊峰自撰句,猜新津景点"老君山";"锦官城里待君来"也是解俊峰自撰句,猜大运会推广曲之一《在成都等你》。谜底合起来也是一句话:"古往今来,天府农博园、纯阳观、水上运动中心、老君山,在成都等你。"

为辅助观众猜射这组谜语,解俊峰又携女儿在视频中的对应景点拍摄了若干期解谜视频,对《谜上大运》中的灯谜进行逐一解读。在大运会开幕前一周,由红星新闻网牵头,整合成都方志、成都新津等几家官方抖音号,每天同步发布一期主视频和一期解谜视频。

第五章 水城新津国际灯谜邀请赛

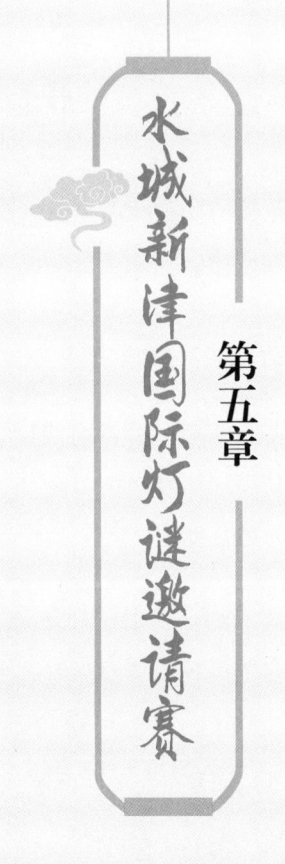

　　新津灯谜学会不仅致力于对非物质文化遗产的保护与传承，也致力于对群众文化活动的丰富与发展，在谜事活动和赛事组织方面取得了良好的成绩，并创立了"水城新津国际灯谜邀请赛"品牌，在全国乃至世界谜友中都拥有较高的影响力。

第一节　首届水城新津国际灯谜邀请赛

2008年3月，新津举办了第九届梨花节暨"丽津酒店杯"首届水城新津国际灯谜邀请赛。来自全国各地的12支代表队以及评委、海外嘉宾、特邀嘉宾、灯谜四大谜刊主编等70人参加了此次赛事。

相较于以往的传统谜会，除了笔试、谜面谜底的创制、集体抢答之外，本届赛事在赛制和规则上都进行了多项创新：在赛制上，首创了个人PK赛，提高了赛事的对抗性，强化了竞赛氛围，促进了谜友的互动学习；在比赛规则上，由评委打分决定个人创作赛的名次，还首次将笔试制谜和猜射成绩计入团体赛成绩；此外，还第一次邀请公证处对整个赛事进行公证。这些创新之举，在海内外灯谜界引起了强烈反响。

◎首届水城新津国际灯谜邀请赛群众展猜现场——大水南门广场

第五章　水城新津国际灯谜邀请赛

◎个人 PK 赛冠亚军对决现场

　　本届邀请赛的组织接待工作有条不紊，主持人轻松幽默，评委公平公正，公证人员的介入更使比赛公平有序，新津灯谜学会的组织能力受到全国参赛者的充分肯定。以《文虎摘锦》《中华灯谜》《全国灯谜信息》《春灯》为代表的传统谜刊主编朱墨兮、关德安、刘二安、罗营东在闭幕式上联合发表了《新津宣言》。本届水城新津国际灯谜邀请赛被评为"2008 年中华谜坛十件大事"之一。

首届水城新津国际灯谜邀请赛获奖名单如下。

首届水城新津国际灯谜邀请赛获奖名单

一、团体赛（"抢风头"团体电控抢猜+"明知山有虎"笔猜）

名　次	获奖代表队
冠　军	广东代表队
亚　军	福建代表队
季　军	重庆代表队

二、个人猜射（"明知山有虎"笔猜）

名　次	获奖者	所属代表队
第一名	郑远达	重庆代表队
第二名	郭少敏	福建代表队
第三名	骆文胜	广东代表队

三、个人创作（"智取威虎山"现场命题创作）

名　次	获奖者	所属代表队
第一名	陈继耿	广东代表队
第二名	郭少敏	福建代表队
第三名	吕　祥	河南代表队

四、个人对抗赛（"一山不容二虎"个人PK赛）

名　次	获奖者	所属代表队
第一名	段夏青	湖南代表队
第二名	缪建金	福建代表队
第三名	吴　健	安徽代表队

第二节　第二届水城新津国际灯谜邀请赛

2009年3月，"花舞人间杯"第二届水城新津国际灯谜邀请赛由新津县人民政府主办，新津县文化旅游发展管理委员会、四川希望农业科技博览园"花舞人间"景区和新津县灯谜学会共同承办。

本着创新、发展的精神，本届邀请赛旨在探索网络灯谜和传统谜会的契合，打破二者之间的界限。在广泛征求谜友建议的基础上，组委会对赛制进行了调整，增加了网络个人竞猜和谜作评析环节，在现场创作中除命题创作外，还增加了自荐创作，个人竞猜则与个人PK赛合并。奖项设置也有了重大调整，在保持奖金总额不低于上届邀请赛的前提下，扩大了获奖面，让参赛选手有更多的获奖机会。

本届赛事邀请了10支代表队参赛，既有谜艺水平上乘的上届冠、亚、季军——广东、福建、重庆代表队，也有近年来在各地谜事活动中有上佳表现的来自安徽、湖南、甘肃、河南、四川、广西等省（自治区）劲旅，更有来自海峡对岸的台湾代表队。这些代表队拥有近年来活跃在谜坛的顶尖高手，所以本届谜赛竞争激烈、精彩纷呈，成为全国谜人关注的焦点。

◎第二届水城新津国际灯谜邀请赛全体人员合影

赛事的评委会由中华灯谜学术委员会主任郑百川担任组长，副主任张哲源、刘二安和副部长敖耀寰、蔡芳，以及中国台湾地区的徐添河、新加坡的黄玉兰、马来西亚的邓凤鸣等海内外谜家担任评委，具有广泛性和权威性。来自海内外的100多个灯谜组织和众多谜友纷纷给比赛发来贺词、贺联和几千条谜作。

本届邀请赛随着3月7日—8日举行的网络个人竞猜拉开了帷幕，经过几十位选手的两轮激烈争夺，最终决出奴奴哈等23名获奖选手。20日，各地应邀参赛的选手齐聚新津。当日下午，在新津县城大水南门广场举行了面向群众的"八面来风"灯谜展猜活动，吸引了上千名群众参与，场面十分热闹。21日—22日，在花舞人间景区举行了"偏向虎山行"笔猜、"一山不容二虎"个人PK赛、"智取威虎山"命题创作和自由创作赛、"虎视眈眈"谜作评析、网络灯谜比赛等项目。23日，"风云际会"团体电控抢猜决赛在新津县城大水南门广场进行。经过激烈角逐，广东代表队技压群雄蝉联团体冠军，各项赛事亦全部结束。在热烈喜庆的颁奖仪式后，本届邀请赛圆满结束。

◎"智取威虎山"自由创作佳谜奖获奖者合影

第二届水城新津国际灯谜邀请赛获奖名单如下。

第二届水城新津国际灯谜邀请赛获奖名单

一、"风云际会"团体竞赛

名次及奖项	获奖代表队
冠　军	广东代表队
亚　军	安徽代表队
季　军	福建代表队
优胜奖	河南代表队
优胜奖	湖南代表队
优胜奖	甘肃代表队
优胜奖	成都代表队
优胜奖	广西代表队
优胜奖	重庆代表队
优胜奖	台湾代表队

二、"一山不容二虎"个人 PK 赛

名次及奖项	获奖者	所属代表队
第一名	骆文胜	广东代表队
第二名	郭少敏	福建代表队
第三名	郭　泉	成都代表队
优胜奖	陈继耿	广东代表队
优胜奖	黄冬妮	广西代表队
优胜奖	卿　里	成都代表队
优胜奖	陈见生	广东代表队
优胜奖	骆　岩	安徽代表队

续表

名次及奖项	获奖者	所属代表队
优胜奖	段夏青	湖南代表队
优胜奖	陈洪庆	河南代表队
优胜奖	柯木雄	福建代表队
优胜奖	桑小平	甘肃代表队
优胜奖	尹海军	湖南代表队
优胜奖	白超谦	福建代表队
优胜奖	吴　健	安徽代表队
优胜奖	朱渝春	重庆代表队

三、"智取威虎山"命题创作佳谜奖

获奖者	所属代表队
白超谦	福建代表队
王少鹏	甘肃代表队
骆　岩	安徽代表队
陈清远	安徽代表队
梁宝盈	台湾代表队
安建国	甘肃代表队
邹永忠	湖南代表队
许涌泉	台湾代表队
吴　健	安徽代表队
骆文胜	广东代表队

四、"智取威虎山"自由创作佳谜奖

获奖者	所属代表队
白超谦	福建代表队
王少鹏	甘肃代表队
骆 岩	安徽代表队
陈洪庆	河南代表队
郑远达	重庆代表队
安建国	甘肃代表队
赵 轲	河南代表队
陈见生	广东代表队
吴 健	安徽代表队
骆文胜	广东代表队
邹永忠	湖南代表队
陈继耿	广东代表队
柯木雄	福建代表队
桑小平	甘肃代表队
卿 里	成都代表队
兴山柏	成都代表队
魏 强	河南代表队
段夏青	湖南代表队
龚沁蕊	重庆代表队
梁宝盈	台湾代表队

五、"虎视眈眈"谜作评析奖

获奖者	所属代表队
白超谦	福建代表队
陈洪庆	河南代表队
朱渝春	重庆代表队
陈见生	广东代表队
骆文胜	广东代表队
陈继耿	广东代表队
陈清远	安徽代表队
郭少敏	福建代表队
覃子聪	广西代表队
梁宝盈	台湾代表队

六、网络灯谜比赛

名　次	获　奖　者
第一名	奴奴哈（王枫）
第二名	AQ5J（吴健）
第三名	大宝（陈挺）
第四名	枫岩风羽（骆岩）
第四名	轩辕剑（陈剑毅）
第四名	老吉（陈见生）
第四名	天涯（陈继耿）
第四名	小猪月月（王亮）
第四名	谈笑周郎（林敏）
第十名	管锥客（薛道达）

续表

名　次	获奖者
第十名	工号（王亮）
第十名	完颜错（缪建金）
第十名	无名指（陈万星）
第十名	灰灰（陈琴）
第十名	大虎（陈世东）
第十名	杏花雨（李创龙）
第十七名	老鹰（郭少敏）
第十七名	心静自然凉（杨建华）
第十七名	荣霖（蔡金楠）
第十七名	难得糊涂（骆文胜）
纪念奖	似水星空（陈艳萍）
纪念奖	一叶（蔡民强）
纪念奖	江东星仔（张炳星）

第三节　第三届水城新津国际灯谜邀请赛

2011年4月，"花舞人间杯"第三届水城新津国际灯谜邀请赛暨中华灯谜新津论坛在新津花舞人间景区举行，来自全国十个省市的灯谜强手和谜界名宿齐聚一堂切磋谜艺。

本届邀请赛进行了多项大胆创新。首先，在设置竞赛项目上，取消了多数比赛较为看重的团体电控抢猜，另设了团体笔猜奖（前两届的笔猜团体成绩计入团体电控抢猜成绩）。其次，为了使比赛具有精彩看点，除继续保留具有新津特色的个人PK赛项目外，还大胆地把辩论赛引入灯谜比赛，把谜界一些具有争议性的话题放到谜会上，让谜友们从灯谜理论修养、语言表达能力、多元思维、机敏睿智等方面开展热烈讨论。辩题力求具有较高的关注度

和一定的可辩度，并能为正反双方提供广阔的发挥空间。为确保辩论赛圆满成功，组委会专门聘请了口才佳且具有丰富经验的上海市职工灯谜协会原会长、中华灯谜学术委员会常务委员袁杰担任现场主持。再次，把个人现场命题创作改为团队现场命题创作，佳谜评选也改由选手、评委、嘉宾现场投票决定，增加了评选的透明度和参与度，让选手有了新的参赛体验。在个人PK赛中增加了通过1分钟现场命题创作来决定胜负的规则，促进了比赛项目的丰富度和完整度。此外，在参赛队伍的邀请上有意向西部倾斜，还特别邀请了个别谜事活动曾经辉煌而今相对落后的地区的代表队，意在推动西部地区的灯谜活动发展。

◎中华灯谜新津论坛现场

本届比赛中的灯谜辩论赛开创了灯谜历史的先河，成为本届赛事中的最大亮点。参赛选手对这种全新的竞赛方式充满了期待，同时也感受到了很大的压力。为能在比赛中取得好成绩，各代表队的辩手们查阅了大量资料，进行了充分准备。在比赛中，辩手们都表现出了良好的竞技状态。无论是一辩的开篇立论，还是四辩的总结陈词，他们都精心组织语言，旁征博引地阐述了各自的观点立场。自由辩论的过程更是精彩迭现，双方队员你来我往，语言犀利、机智幽默、巧用比喻，赢得了现场观众的阵阵掌声，将比赛推向一个又一个高潮。在一轮又一轮的语言交锋中，双方辩出了特色，辩出了精彩。通过正反双方的思想交锋，灯谜辩论赛让所有参会者对讨论的问题有了更加清晰和深入的认识，也引发大家进一步去思考，对灯谜理论知识的普及、推广都起到了积极的促进作用。本届邀请赛也被中华灯谜学术委员会授予"2011年优秀谜会"称号。

第三届水城新津国际灯谜邀请赛获奖名单如下。

第三届水城新津国际灯谜邀请赛获奖名单

一、笔猜团体奖

奖　项	获奖代表队	总　分
一等奖	广东代表队	170
二等奖	甘肃代表队	165
二等奖	四川成都队	145
三等奖	广西代表队	135
三等奖	陕西代表队	125
三等奖	重庆代表队	120

二、优秀论文奖

论文题目	作　者	属　地
提高艺术表现力乃制谜重中之重	蔡　芳	福建永安
试论灯谜鉴赏的作用与特点	方炳良	福建莆田
横看成岭侧成峰——浅谈成句拢意谜的创作思路	陈继耿	广东广州
新世纪"灯谜形象"塑造刍议——《灯谜修辞学论纲》阐述之一	荣耀祥	江苏无锡

续表

论文题目	作者	属地
灯谜的科学定义刻不容缓	许友金	福建厦门

三、个人 PK 赛

奖项	所属代表队	获奖者
冠军	重庆代表队	张践
亚军	广东深圳队	庄云
季军	甘肃代表队	桑小平
殿军	甘肃代表队	王少鹏
优胜奖	广东深圳队	庄毓添
优胜奖	广东深圳队	李牧雏
优胜奖	四川成都队	郭泉
优胜奖	广西代表队	甘建斌

四、辩论奖

奖项	获奖代表队
最佳辩论队	辽宁丹东队
优秀辩论队	宁夏银川队
优秀辩论队	陕西代表队
优秀辩论队	广东深圳队
优秀辩论队	四川成都队

奖项	获奖者	所属代表队
最佳辩手	李毅	陕西代表队

五、现场命题创作佳谜奖

命题序号	获奖代表队
（谜面）1	山西代表队
（谜面）2	甘肃代表队
（谜面）3	广东深圳队
（谜面）4	辽宁丹东队
（谜面）5	甘肃代表队
（谜目、底）1	贵州代表队
（谜目、底）2	甘肃代表队
（谜目、底）3	四川成都队

六、自由创作自荐佳谜奖

获奖者	所属代表队
王志成	四川宜宾队
桑小平	甘肃代表队
郭　泉	四川成都队
孔祥启	四川成都队
庄　云	广东深圳队
韦汉荣	四川宜宾队
李　毅	陕西代表队
王　刚	陕西代表队
袁茂仲	辽宁丹东队
林仕福	广西代表队

第四节　第四届水城新津国际灯谜邀请赛

2012年4月，新津举办了"花舞人间杯"第四届水城新津国际灯谜邀请赛。本届邀请赛既保持了新津谜会"快乐灯谜"的传统特色，也坚持了不断创新的办赛理念。首先，在竞赛项目设置上，加强了对网络竞赛和现场竞赛的兼顾；其次，在组队方式上，打破了地域限制，邀请了全由女选手组成的代表队，让男队、女队、男女混合队站在同一平台上竞技；最后，在奖金分配上，对"重猜轻创"的倾向给予了一定改变，现场命题创作单条佳谜的奖励金额高达600元，自荐佳谜单条佳谜的奖金也有500元，创作奖的总金额达11 000元，与团体电控抢猜的奖励金额基本持平，这在全国也属少见。

本届邀请赛的最大亮点是众多女谜手的精彩表现。从网络竞赛到现场竞赛，女谜手都有上佳表现。特别是在现场比赛中，由女谜手组成的"巾帼联谊队"在电控抢猜团体比赛中一举夺魁；在个人PK赛中，所有女谜手都闯入了16强，充分展现了女谜手巾帼不让须眉的风采，给与会选手和嘉宾留下了深刻印象。

◎"巾帼联谊队"选手黄冬妮在笔猜现场

第五章　水城新津国际灯谜邀请赛

◎电控抢猜团体决赛现场

本届邀请赛得到了中华灯谜学术委员会的大力支持。中华灯谜学术委员会主任闻春桂、常委副主任兼秘书长郑育斌，以及多位副主任、部长来到比赛现场指导并担任评委，使赛事规格进一步提高。新津灯谜也因此再次成为全国谜人关注的焦点，到新津参加比赛成为海内外众多谜人的心愿。

第四届水城新津国际灯谜邀请赛获奖名单如下。

第四届水城新津国际灯谜邀请赛获奖名单

一、个人 PK 赛

名　次	获奖者	所属代表队
冠　军	吴　健	安徽合肥队
亚　军	骆　岩	安徽合肥队
季　军	段夏青	巾帼联谊队
殿　军	黄玮华	上海浦东队
第五名	陈万星	安徽合肥队
第六名	陈　琴	巾帼联谊队
第七名	许　昌	甘肃天水队
第八名	郭海龙	上海浦东队
第九名	安建国	甘肃天水队
第十名	黄冬妮	巾帼联谊队
第十一名	裴　靖	西北花儿队
第十二名	黄　亮	福建宁德队
第十三名	安丽华	西北花儿队
第十四名	陈向萍	福建宁德队
第十五名	唐依明	重庆文化宫队
第十六名	李继红	西北花儿队

二、网络灯谜 PK 赛

名　次	获奖者	属　地
冠　军	吴　健	安徽合肥
亚　军	黄冬妮	北　京
季　军	庄　云	广东深圳
优胜奖	段夏青	湖南郴州
优胜奖	陈见生	广东广州
优胜奖	龚志疑	福建厦门
优胜奖	贺　阳	广东惠州
优胜奖	梁金强	广东中山

三、优秀论文奖

奖　项	论文题目	作者	属　地
优秀论文	"乐意相关禽对语，生香不断树交花"——新世纪以来典故谜创作状况的梳理、辨析与思考	赵首成	广东深圳
优秀论文	灯谜审美灵魂和谐的五个对立统一——读《新世纪十年灯谜鉴赏》随想录之一	荣耀祥	江苏无锡
优秀论文	务实求精强内功　主动作为兴灯谜	蔡　芳	福建永安
入选论文	学习典谜和猜射的几个方法	张金标	广东高州
入选论文	央视与灯谜三十年	郭海龙	上　海
入选论文	QQ 群刷谜机的实现方法	赵　轲	河南郑州

四、现场命题创作佳谜奖

获奖者	所属代表队
陈清泉	甘肃天水队
张　践	重庆文化宫队
黄冬妮	巾帼联谊队
安建国	甘肃天水队
许　昌	甘肃天水队
陈万星	安徽合肥队
吴　健	安徽合肥队
裴　靖	西北花儿队
梁永祥	贵州毕节队
邰　晋	四川乐山队

五、自由创作自荐佳谜奖

获奖者	属　地
黄冬妮	北　京
叶曙光	广东深圳
师卫华	天　津
陈万星	安徽合肥
赵首成	广东深圳
郑远达	重　庆
张宏福	安徽六安
蔡　芳	福建永安
万　文	江西进贤
丁贤结	安徽合肥

六、电控抢猜团体赛

名次及奖项	获奖代表队
冠　军	巾帼联谊队
亚　军	安徽合肥队
季　军	重庆文化宫队
优胜奖	福建宁德队
优胜奖	贵州毕节队
优胜奖	上海浦东队
优胜奖	西北花儿队
优胜奖	四川乐山队
优胜奖	四川成都队
优胜奖	甘肃天水队

第六章 新津灯谜大会及成渝灯谜邀请赛

2010年之后,随着"非遗进社区"工作的深入开展,新津各社区的文化活动开展得有声有色。自2020年起,新津深入挖掘利用本土文化资源,先后举办了四届新津灯谜大会(前两届名为"新津区社区灯谜大赛")、两届成渝灯谜邀请赛,以宣传天府文化和中华优秀传统文化,弘扬时代主旋律。

第一节　新津区首届社区灯谜大赛

2019年年底,新津灯谜学会与新津县委社治委、县文联、县社科联、县文体旅局联合提出方案,策划在全县范围内开展社区灯谜大赛。

中共新津县委领导很重视此事,经过研究部署,确定由县委宣传部牵头,县委社治委、县文联、县社科联、县文体旅局和新津灯谜学会密切合作,共同推进"爱成都·迎大运·花漾新津文创中心杯"新津县首届社区灯谜大赛的举办。2020年9月,中共新津区委宣传部正式下发文件,组织新津区各街镇和社区报名参赛。

文件一出,社会反响热烈,全区所有镇街都争相报名参赛。其中,五津街道辖下11个社区全部报名,组织了14支队伍;其他镇街报名参赛的都在4个社区左右,普兴街道的骑龙社区组建了3支队伍。最终,全区共有41支队伍和23名个人选手报名,参与人数共146人。其中,年纪最大者是宝墩镇宝墩村队的赵玉明(76岁),年纪最小者是新津中学的7位高三学生(17岁),参与者整体也呈现出年轻化的趋势。参赛选手有村社区的工作人员、大学生志愿者、社会组织成员、社区退休教师、在职教师、在校学生以及农民和个体户等。

◎新津区首届社区灯谜大赛决赛现场

第六章　新津灯谜大会及成渝灯谜邀请赛

◎平岗社区灯谜展猜活动现场

　　为了保证比赛的顺利进行，满足社区群众的灯谜学习需求，大赛组委会先后在社区组织了4场灯谜知识培训和展猜活动：第一场于2020年10月16日在五津街道平岗社区举行，第二场于10月23日在普兴街道岳店社区举行，第三场于10月30日在五津街道抚江社区举行，第四场于11月6日在永商镇金龙村举行。每场活动都分为两个部分：首先由新津区灯谜学会名誉会长喻光明为报名选手开展灯谜知识培训，然后在社区进行灯谜展猜活动。展猜时，新津灯谜学会的老师进行现场指导，选手和社区群众都积极参与，猜中者还获得了花漾新津文创中心提供的特色奖品，场面十分热烈。

　　正式比赛分为笔试、复赛和决赛三个部分。笔试为答卷式，于2020年11月上旬在永商镇金龙村举行，以参赛者的猜射成绩决定晋级名次。复赛和决赛，则以现场电控抢猜的方式，于11月13日在花漾新津文创中心举行。经过激烈角逐，最终团体冠军、亚军均为新津中学的两支代表队，个人冠军也由新津中学的杨涛老师获得。他们代表了新津灯谜的新生力量，也体现了全国灯谜发展的新趋势。

新津区首届社区灯谜大赛共创作和使用灯谜1006条，绝大部分题材涉及新津本土内容。谜条由新津区灯谜学会的老师原创，不仅以群众熟知的地名、人名入谜，还与时俱进地以时代词语入谜，把天府文化的传承融入灯谜之中。如与成都大运会有关的灯谜——"喜上锦官城，接连洪福临（6字成都大运会宣传口号）爱成都，迎大运""遂令君今胜往昔（7字成都大运会宣传口号）成就不一样的你"；与新津旅游有关的灯谜——"芙蓉随水动，码头改旧颜（4字新津旅游宣传语）花漾新津""瑞雪纷纷飘大地（4字新津景区）花舞人间""全获冠军特别牛（3字新津古迹）齐一寺"；与社区营造有关的灯谜——"室内装饰（3字社区治理名词）美空间""小处着手改旧貌（3字社区治理名词）微更新""不要一文获高誉（2字新津镇街）兴义""一生心宽容，名利前后放（2字新津社区）共和"。

灯谜来源于群众。新津区举办的首届社区灯谜大赛让灯谜活动回到社区，服务于群众。一方面，灯谜活动给群众带去了文化享受；另一方面，群众又给灯谜活动的持续发展壮大提供了有力支持。社区灯谜大赛的举办对社区和灯谜来说是双赢的举措，此举也在全国谜界开了先河。

◎新津区首届社区灯谜大赛团体奖颁奖现场

◎新津区首届社区灯谜大赛个人奖前三名颁奖现场

新津区首届社区灯谜大赛获奖名单如下。

新津区首届社区灯谜大赛获奖名单

一、团体比赛

名次及奖项	获奖代表队
冠　军	五津街道城东社区新津中学三队
亚　军	五津街道城东社区新津中学二队
季　军	兴义镇广滩村队
优胜奖	宝墩镇太平场社区队
优胜奖	普兴街道骑龙社区一队
优胜奖	五津街道城东社区新津中学一队
优胜奖	花源街道花源社区队
优胜奖	普兴街道岳店社区队
优秀组织奖	五津街道平岗社区队
优秀组织奖	普兴街道岳店社区队
优秀组织奖	五津街道抚江社区队
优秀组织奖	永商镇金龙村队

二、个人竞赛

名　次	获奖者	所属代表队
冠　军	杨　涛	五津街道城东社区新津中学队
亚　军	吴鑫杰	兴义镇广滩村队
季　军	罗伊岚	普兴街道骑龙社区三队

第二节　新津区第二届社区灯谜大赛

2021年是中国共产党成立100周年。为了进一步做好党史学习教育，促进全民阅读、"书香新津"的建设，提升广大群众的参与感、幸福感，新津区决定组织开展庆祝中国共产党成立100周年暨2021年"幸福美好生活·广电网络杯"新津区第二届社区灯谜大赛。

大赛由中共新津区委宣传部主办，区社治委、农博园管委会、区文体旅局、区文联、区社科联、区教育局、区民政局等7部门联合承办，新津区兴义镇、四川广电网络新津分公司协办，新津灯谜学会执行主办。大赛组委会由区委常委、宣传部部长贺恩洪担任名誉主任，区委宣传部、区委社治委、农博园管委会、区文体旅局、区文联、区社科联、区教育局、区民政局、兴义镇、四川广电网络新津分公司、新津灯谜学会的相关人员担任委员。组委会办公室设在区文联。

本届大赛扩大了报名范围：凡是生活和工作在新津的居民均可报名参加；全区所有镇、街道的社区都可组队报名，每队队员3名、领队1名（可兼任）；全区机关、企事业单位、社会组织以及社会各界灯谜爱好者，包括各社区没有参加组队的其他灯谜爱好者，都可以以个人名义报名参赛；新津中学、新津区外国语实验学校、新津实验高中、兴乐小学可组织学生代表队参加学生组比赛。最终，五津街道、普兴街道、宝墩镇的所有村社区都组织队伍报名参赛。全区共有84支代表队，其中69支成人队伍、15支学生队伍，共262人报名参赛。

◎新津区第二届社区灯谜大赛个人赛抢答现场

2021年6月—8月，为了提高参赛者的猜谜水平，新津灯谜学会组织了多种方式的线上和线下集训。如编纂发放谜材资料，在网上举办专题讲座，讲授猜谜技法和比赛技巧；通过微信群举办"微谜会"，进行网络灯谜抢猜微型比赛；正式比赛开始前，持续一个月在天府农博园开展系列灯谜讲座和展猜活动；等等。

6月12日、6月26日、7月10日、7月24日，大赛组委会在兴义镇张河社区、花源街道花源社区、宝墩镇太平场社区和五津廊桥等4个点位开展了灯谜巡回展猜活动，每场活动悬谜200条。

9月11日，大赛进行了学生组和成人组的比赛，分别进行了笔试初赛、个人竞赛和团体决赛，决出了所有名次。

◎选手在团体赛决赛现场

新津区第二届社区灯谜大赛获奖名单如下。

新津区第二届社区灯谜大赛获奖名单

一、学生组团体竞赛

名次及奖项	获奖代表队
冠　军	兴乐小学二队
亚　军	新津中学三队
季　军	兴乐小学四队
优胜奖	新津中学二队
优胜奖	兴乐小学一队
优胜奖	实验高中三队
优胜奖	兴乐小学三队
优胜奖	实验高中一队

二、学生组个人竞赛

名次及奖项	获奖者	所属代表队
冠　军	韦雨佳	兴乐小学一队
亚　军	李　依	兴乐小学一队
季　军	刘思涵	兴乐小学一队
优胜奖	孔嘉琪	兴乐小学四队
优胜奖	陈佳润	兴乐小学一队
优胜奖	周　颖	兴乐小学四队
优胜奖	李羽飞	实验高中三队
优胜奖	林紫珊	兴乐小学三队

三、成年组团体竞赛

名次及奖项	获奖代表队
冠　军	张河村灯谜艺术馆队
亚　军	兴乐小学教师队
季　军	新津中学教师队
优胜奖	广滩村一队
优胜奖	广滩村二队

四、成年组个人竞赛

名次及奖项	获奖者	所属代表队
冠　军	夏应全	兴义张河村灯谜艺术馆队
亚　军	陈凤桃	兴乐小学教师队
季　军	马　翔	兴义张河村灯谜艺术馆队
优胜奖	马金秀	兴义广滩村一队
优胜奖	吴鑫杰	兴义广滩村一队
优胜奖	唐佳莉	兴义广滩村二队
优胜奖	李晓蓉	兴义广滩村二队
优胜奖	秦永能	兴义广滩村一队

第三节　首届成渝灯谜邀请赛暨第三届新津灯谜大会

2020年4月，川渝两地签订了《推动成渝地区双城经济圈建设文艺先行战略合作框架协议》。2021年10月，中共中央、国务院又印发了《成渝地区双城经济圈建设规划纲要》，

并强调要共同打造"成渝地·巴蜀情"等文化品牌。为响应党中央号召，丰富两地的文化交流内容，自2022年起，新津将新津区社区灯谜大赛更名为"新津灯谜大会"，并联合重庆连续举办了两届成渝灯谜邀请赛暨新津灯谜大会，受到两地灯谜爱好者的欢迎。

一、首届成渝灯谜邀请赛

2022年9月—11月，新津举办了"天府农博杯"首届成渝灯谜邀请赛。赛事受到中华灯谜学术委员会和全国各地谜家的关注与支持，吸引了成渝地区双城经济圈各城市的谜友，来自重庆、成都、宜宾、内江、泸州、乐山、眉山、南充、攀枝花、自贡等地的共54位谜友参加了赛事。

本次赛事内容丰富，包括新津灯谜论坛、成渝谜友沙龙、新津灯谜长廊、新津文化交流和成渝灯谜比赛等四个交流、一个比赛。

◎参赛选手用微信小程序进行笔试答题

◎个人PK赛现场

◎团体决赛抢猜现场

（1）新津灯谜论坛以"新时代成渝灯谜文化传承与发展"为主题，面向全国谜家征集论文，共收到来自广东、福建、江苏、安徽、河南、重庆等省市的论文26篇，总字数13万余字。中华灯谜学术委员会主任郑育斌担任论文网络评委会主席，中华灯谜学术委员会副主任苏剑、卢志文，江苏省民间文艺家协会灯谜学术委员会主任武骝，重庆灯谜协会原会长张顺社，自贡谜家王德海和新津谜家喻光明等担任论文网络评委会成员。评委会最终评出十佳论文10篇、入围论文10篇，并在新津灯谜论坛上举行了论文现场演讲及颁奖仪式。

（2）成渝谜友沙龙。所有参赛队员在比赛开始前向组委会提交自创灯谜，由评委评出"十佳创作奖"。在大赛的欢迎晚宴上举行成渝谜友沙龙，组织大家切磋谜艺，开展现场灯谜擂台赛。

（3）新津灯谜长廊。组委会制作了16面新津灯谜展板，分阶段、分层次地展示了新津灯谜非遗文化的历史传承与发展情况，形成特色灯谜长廊，展现了新津灯谜的非遗魅力。

（4）新津文化交流。大赛组织成渝两地谜友参观天府农博园、宝墩古城遗址、观音寺、老君山、纯阳观等新津著名文化旅游景点，共同交流新津历史文化和非遗文化。

本次邀请赛准备了300条比赛用谜，其中100条紧扣"成渝地·巴蜀情"主题，以郫都、巫山、青羊宫、洪崖洞、黄辣丁、乌鱼江等成渝两地的地名、美食、风景名胜为制作题材。参赛者通过猜射这些有浓郁成渝元素的原创谜题，了解了许多成渝两地的人文知识，加深了对两地的了解，同时也增进了成渝谜友的感情。

本次赛事在赛制上有两个创新：线上灯谜笔猜和线上灯谜个人竞赛，即利用手机App进行答题和个人竞赛。为了让参赛者适应新的比赛形式，新津灯谜学会的解俊峰、龚贵明在线上组织了多次模拟比赛和刷题练习，在演练的同时也为后期的实战营造了良好氛围。11月6日，所有参赛选手参加了线上灯谜笔猜，获得前16名的选手又进行了线上个人竞赛，并通过16进8、8进4、4进2、2进1等4轮比赛，决出了首届成渝灯谜邀请赛的个人冠、亚、季军及优胜奖。

虽然重庆和乐山的参赛者未能到现场比赛，但通过线上竞赛的新形式，他们也完成了大会既定的比赛任务，而这通过传统的比赛形式是无法做到的。实践证明，这种线上比赛的气氛并不输线下比赛，赛事的精彩程度也不亚于以前的现场谜会。

首届成渝灯谜邀请赛获奖名单如下。

首届成渝灯谜邀请赛获奖名单

一、新津论坛获奖论文

奖 项	论文题目	作 者	属 地
十佳论文	成都谜史琐谈	顾 斌	江苏扬州
十佳论文	新津谜会灯谜作品艺术特色谭概	方炳良	福建莆田
十佳论文	灯谜活动助力社区文化建设路径探究——以新津区社区灯谜大赛为例	朱康福	四川成都
十佳论文	双城经济圈建设背景下成渝灯谜协同发展的可行性初探	赵晓南	重 庆
十佳论文	高校灯谜社团——灯谜文化的传承场	陈郁涛 陈 煜	广东广州
十佳论文	评佳谜的遗憾	蔡 芳	福建永安
十佳论文	弘扬新时代文化 传承发展谜之通	袁松麒	江苏常熟
十佳论文	光明正大耀谜坛——喻光明先生其人其谜	孟凡祥	安徽六安
十佳论文	从新津灯谜的繁荣看巴蜀灯谜文化的复兴和发展	任鹏文	四川南充
十佳论文	锦官城里话商灯	胡文明	江苏苏州
入围论文	微论灯谜的"公开""发表"及其他	邱景衡	江苏苏州
入围论文	成渝双城灯谜艺术发展应注重非物质文化遗产个性	张 践	重 庆
入围论文	浅析新津灯谜的传承与发展	卞广军	河南南阳
入围论文	"梦"中谜漫谜似梦——《红楼梦》谜意解读	裔胜东	江苏句容
入围论文	在语文课堂遇见灯谜——随风潜入夜 润物细无声	郑晓艳	四川乐山
入围论文	论灯谜走向大众才是传统文化传承的真经	邰 晋	四川乐山
入围论文	新时代四川（全国）灯谜文化传承与发展初探	邹文功	四川自贡
入围论文	在大学开设灯谜课程的实践与思考	周 涛	四川成都
入围论文	谜面虚构之我见	王水松	福建福安

二、成渝谜友沙龙十佳创作奖

姓　名	属　地
李戈文	重　庆
陈凤桃	四川新津
郑晓艳	四川乐山
赵晓南	重　庆
张顺社	重　庆
任鹏文	四川南充
张　践	重　庆
邹文功	四川自贡
郑跃东	重　庆
张强模	四川乐山

三、个人竞赛

名次及奖项	获奖者	属　地
冠　军	郭　泉	四川成都
亚　军	张晓红	四川攀枝花
季　军	虞振霜	四川攀枝花
优胜奖	陈凤桃	四川新津
优胜奖	张　践	重　庆
优胜奖	卿　里	四川成都
优胜奖	兴山柏	四川成都
优胜奖	李戈文	重　庆

四、团体竞赛

名次及奖项	获奖代表队
冠　军	成都少城街道总工会队
亚　军	新津区总工会队
季　军	成都青羊区四道街社区队
优胜奖	攀枝花眉山联队
优胜奖	新津区兴乐小学队
优胜奖	新津区兴义广滩队
优胜奖	成都少城商灯队
优胜奖	内江宜宾联队

二、第三届新津灯谜大会

2022年9月—11月，新津区举办了第三届新津灯谜大会。本次大会扩大了参与者的范围，增加了机关、企事业单位谜友的报名资格，并丰富了活动内容。全区共236人报名，涵盖了全区所有镇街、城区学校和部分企业、机关单位、镇街学校。

◎第三届新津灯谜大会学生组团体冠军兴乐小学一队　　◎喻光明为杨柳村村民现场讲解灯谜

此次大会期间，组委会把很多活动安排在线上进行，建立了学生组、村社组、工会组三个微信群，在群里进行灯谜知识培训、微信谜会、灯谜沙龙、分赛场比赛等活动，通过微信小程序开展灯谜笔猜30多场，组织微信灯谜抢猜20余场，出谜1000余条，参与者非常踊跃。

此次大会不仅参与面广，而且特别注重灯谜进学校、进社区活动，旨在立足基层，弘扬传统文化，传承巴蜀文明。组委会分别在兴乐小学、花源街道、杨柳村、区总工会等地进行了灯谜知识讲座和灯谜展猜活动，共悬谜800条，有1000余人次参与了活动。

第三届新津灯谜大会获奖名单如下。

第三届新津灯谜大会获奖名单

一、学生组团体竞赛

奖 项	获奖代表队
冠 军	兴乐小学一队
亚 军	五津初中三队
季 军	兴乐小学二队
优胜奖	五津初中五队
优胜奖	兴乐小学四队
优胜奖	兴乐小学三队
优胜奖	五津初中二队
优胜奖	五津初中四队

二、学生组个人竞赛

奖 项	获奖者	所属代表队
冠 军	陈旭阳	兴乐小学队
亚 军	徐天浩	兴乐小学队
季 军	周远懿	兴乐小学队
优胜奖	刘思涵	五津初中队

续表

奖　项	获奖者	所属代表队
优胜奖	田浩然	兴乐小学队
优胜奖	杨雨昕	兴乐小学队
优胜奖	陶雨桐	五津初中队
优胜奖	张子烚	五津初中队

三、成年组团体竞赛

名次及奖项	获奖代表队
冠　军	总工会一队
亚　军	兴乐小学队
季　军	兴义广滩二队
优胜奖	兴义广滩一队
优胜奖	新津中学队
优胜奖	总工会二队
优胜奖	永商金龙村队
优胜奖	永商新河村队

四、成年组个人竞赛

名次及奖项	获奖者	所属代表队
冠　军	夏应全	总工会一队
亚　军	马金秀	兴义广滩二队
季　军	陈凤桃	兴乐小学队
优胜奖	付净雪	
优胜奖	邓　茗	
优胜奖	刘　静	
优胜奖	邓学文	
优胜奖	周晓寒	

第四节　第二届成渝灯谜邀请赛暨第四届新津灯谜大会

2023年，为营造良好的成都大运会氛围、促进巴蜀文化共建、推广宝墩文化品牌、推进非遗文化进社区、进校园、进企业，新津区举办了"迎大运·动起来""古蜀宝墩杯"第二届成渝灯谜邀请赛暨第四届新津灯谜大会。本次活动由成都市文联、中华灯谜学术委员会指导，新津区委宣传部主办，新津区文联、新津区社科联承办，天府智能制造园区管委会、天府农博园管委会、新津区委社治委、新津区文体旅局、新津区教育局、新津区总工会协办，新津区灯谜学会具体组织实施。

一、第二届成渝灯谜邀请赛

本次邀请赛是自1997年设立重庆直辖市后，成渝双城及川渝两地灯谜爱好者的首次大型现场比赛，共有136位灯谜爱好者报名参加。大赛活动内容包括成渝网络谜会、成渝灯谜沙龙、新津文化交流和成渝灯谜比赛等4项。

（1）成渝网络谜会。4月，组委会邀请成渝地区谜家组建了"成渝新津商灯情"微信群，开展网络谜会，并邀请了全国知名谜家创作专题谜题，主持网络谜会并进行评审。此后，每周举行一次"2023灯谜百虎斗"网络谜会，至8月共举行了包括"再上虎山"网络笔试、"打虎擂台"网络抢猜、"与虎谋皮"网络创作赛等共75场网络谜会，引发了谜友的持续关注，增加了赛事的品牌黏性，提升了大赛对成渝地区谜家的吸引力。

（2）成渝灯谜沙龙。所有参赛人员均按要求围绕古蜀宝墩等新津元素创作了3条特色灯谜，在比赛前一周提交给评委会。评委会由喻光明、张行、朱康福、邰晋、解俊峰、李志坚、龚贵明等人组成，采用盲评方式，共进行了3轮投票，从100多条谜作中评选出10条佳谜，授予"十佳创作奖"。同时，邀请了全国知名谜家围绕古蜀宝墩等新津元素开展专题创作比赛用灯谜，举办成渝谜友沙龙、灯谜擂台等活动，组织谜友进行谜艺切磋。

（3）成渝灯谜比赛。9月23日上午，成渝灯谜比赛在新津融媒体演艺大厅举行，重庆巴蜀灯谜队、重庆谜联委队、重庆万盛队、西南政法大学队（由来自越南、缅甸、老挝的留学生组成）、成都少城商灯队、电子科技大学队、乐山队、眉山队、内江队、宜宾队、攀枝花南充联队、自贡泸州联队和新津队等13支队伍进行了角逐。中华灯谜学术委员会主任郑育斌到比赛现场进行了指导。

比赛分为了个人赛和团体赛两部分。

个人赛分两个阶段。第一阶段为个人笔试竞猜，在比赛微信群上以微信小程序的形式

进行。笔猜竞争十分激烈，众选手比分非常接近，有好几位的比分相同，只因交卷时间前后相差几秒才分出名次。随后进入第二阶段的个人竞赛，笔试成绩前16名的选手捉对抢猜，最后决出宝墩金虎奖（前3名）、宝墩银虎奖（4～8名）、宝墩铜虎奖（9～16名）。

　　团体赛采用现场电控抢猜方式进行，每支队伍的3名队员在个人笔试中的成绩相加为团体得分，总分排前8名的队伍进入团队决赛。团队决赛共进行了7轮比赛（含4轮团体抢猜、3轮对位笔猜），最终决出团体冠、亚、季军各1名，优胜奖5名。

　　（4）新津文化交流。自9月23日下午起，参赛的成渝两地谜友在天府农博园举办了川渝灯谜大联展活动。组委会在4000余平方米的展场布置了数十个谜棚，轮换展出16个川渝灯谜组织带来的1000余条各地特色灯谜，展现了成渝两地灯谜文化的传承与发展。参展灯谜的内容贴近现实、贴近生活，题材广泛，注重社会现实题材，既包罗万象，又不拘一格。此活动一直持续到2023年年底。

　　9月23日，组委会还在天府农博园举行了"成都非遗·新津灯谜·百年百谜"展览。新津灯谜学会从上万条新津灯谜作品中，精选出新津各个时期谜人的100条佳作，悬挂在100个金色灯笼下，每条灯谜的谜牌下方有二维码，扫码可知答案和全国谜界名家赵首成、蔡芳、张顺社、许友金和孟凡祥等人对该条灯谜的精彩赏析，让参观者能多角度地了解新津灯谜的百年流变轨迹，在欣赏的过程中学到灯谜知识、领略非遗魅力。

◎第二届成渝灯谜邀请赛笔试现场

第六章 新津灯谜大会及成渝灯谜邀请赛

◎个人奖项颁奖现场

◎团体决赛电控竞猜现场

◎川渝灯谜大联展开幕式

第二届成渝灯谜邀请赛获奖名单如下。

第二届成渝灯谜邀请赛获奖名单

一、个人奖项

奖　项	获奖者	属　地
十佳创作奖	肖东旗	四川内江
十佳创作奖	邓　放	四川成都
十佳创作奖	兴山柏	四川成都
十佳创作奖	郭　泉	四川成都
十佳创作奖	赵晓南	重　庆
十佳创作奖	王　炜	重　庆
十佳创作奖	郑跃东	重　庆

续表

奖　项	获奖者	属　地
十佳创作奖	任素华	重　庆
十佳创作奖	李戈文	重　庆
十佳创作奖	朱渝春	重　庆
宝墩金虎奖	虞振霜	四川攀枝花
宝墩金虎奖	邓　放	四川成都
宝墩金虎奖	兴山柏	四川成都
宝墩银虎奖	夏应全	四川新津
宝墩银虎奖	付净雪	四川新津
宝墩银虎奖	陈凤桃	四川新津
宝墩银虎奖	孔祥启	四川成都
宝墩银虎奖	李明富	四川泸州
宝墩铜虎奖	郭　泉	四川成都
宝墩铜虎奖	范　鸿	四川成都
宝墩铜虎奖	周　涛	四川成都
宝墩铜虎奖	张　践	重　庆
宝墩铜虎奖	赵晓南	重　庆
宝墩铜虎奖	唐依明	重　庆
宝墩铜虎奖	任鹏文	四川南充
宝墩铜虎奖	马　翔	四川新津

二、团体奖项

奖　项	获奖代表队
冠　军	成都少城商灯队
亚　军	攀枝花南充联队
季　军	新津队
优胜奖	重庆巴渝灯谜队
优胜奖	内江队
优胜奖	电子科技大学队
优胜奖	乐山队
优胜奖	宜宾队

二、第四届新津灯谜大会

2023年4月，全区的村社区、机关企事业单位、学校师生和其他灯谜爱好者都踊跃报名参赛。为提高参赛者的猜谜水平，大会组委会组建了专属微信群，开展了多种形式的网络谜会：邀请全国知名谜家每天在微信群上发布灯谜知识、视频等，一共发布灯谜文章30多万字；开展灯谜试猜、在线答疑；每周在微信群进举行模拟比赛，试猜灯谜2000余条，增强了参赛者的实战水平。此项活动持续到了8月，获得了持久的关注热度，增加了赛事的品牌黏性，提升了赛事对全区灯谜爱好者的吸引力。

新津灯谜学会还邀请全国知名谜家到宝墩遗址、工业园区、学校、社区、企业等有代表性的点位，结合各点位的主题进行灯谜展演。每场展演含灯谜展示、灯谜展猜、灯谜擂台三个部分，充分发挥了灯谜展演聚焦人气、活跃气氛、传播文化的作用，取得了较好的展示宣传效果。

本届大会的比赛分学生组和成年组，均由个人笔试、个人竞赛、团体抢猜三个部分组成。个人赛中，笔试前16名可进入个人竞赛，决出个人名次：宝墩金虎奖（前3名），宝墩银虎奖（4～8名），宝墩铜虎奖（9～16名）。

团体赛则采用现场电控抢猜方式进行，每支队伍的3名队员在个人笔试中的成绩相加为团体得分，总分前8名的队伍进入团体决赛，决出最终团体名次：冠、亚、季军各1名，优胜奖（4～8名）5名。

第四届新津灯谜大会最为激烈的环节是于8月20日举行的学生组比赛,来自新津中学、实验高中、五津初中、花源初中、普兴小学、石笋街小学新津分校等学校的学生参加了三个环节的比赛。

在笔试竞猜环节,学生选手使用手机参赛,通过微信小程序进行答题。此法简洁高效,统计方便,没有争议,是新津灯谜大会将线上、线下活动相结合的一种有益尝试。

笔试竞争十分激烈,比分非常接近,有好几个选手比分相同,只因交卷时间前后相差十多秒而获得了不同的名次,最终决出了前16名。团体决赛分为7轮,包括4轮团体抢猜和3轮对位笔猜。对位笔猜要求3名队员分别必答5题,既突出了抢答的节奏,也体现了团体的整体实力。

第四届新津灯谜大会的获奖名单如下。

第四届新津灯谜大会获奖名单

一、学生组团体竞赛

奖　项	获奖代表队
冠　军	花源初中队
亚　军	五津初中一队
季　军	实验高中一队
优胜奖	五津初中二队
优胜奖	五津初中三队
优胜奖	新津中学队
优胜奖	五津初中四队
优胜奖	实验高中二队
组织奖	石笋街小学新津分校队
组织奖	普兴小学队

二、学生组个人竞赛

奖　项	获奖者	所属代表队
宝墩金虎奖	陈旭阳	花源初中队
宝墩金虎奖	罗　杨	五津初中三队
宝墩金虎奖	刘思涵	五津初中一队
宝墩银虎奖	徐天浩	石笋街小学新津分校队
宝墩银虎奖	王震川	五津初中一队
宝墩银虎奖	田浩然	花源初中队
宝墩银虎奖	吴林鹏	五津初中四队
宝墩银虎奖	杨绥安	实验高中一队
宝墩铜虎奖	陈江林	花源初中队
宝墩铜虎奖	耿志龙	实验高中一队
宝墩铜虎奖	帅铭洋	个人参赛
宝墩铜虎奖	徐彦浩	五津初中二队
宝墩铜虎奖	郑香晴	五津初中三队
宝墩铜虎奖	白方文卓	新津中学队
宝墩铜虎奖	岳鑫宇	新津中学队
宝墩铜虎奖	骆紫涵	五津初中一队

三、成人组团体竞赛

名次及奖项	获奖代表队
冠　军	新津教育队
亚　军	兴义广滩一队
季　军	农业农村局队
优胜奖	永商干饭人队

续表

名次及奖项	获奖代表队
优胜奖	五津抚江社区队
优胜奖	兴义广滩二队
优胜奖	总工会一队
优胜奖	新津中学队

四、成人组个人竞赛

奖　项	获奖者	所属代表队
宝墩金虎奖	夏应全	新津教育队
宝墩金虎奖	陈凤桃	新津教育队
宝墩金虎奖	马金秀	兴义广滩二队
宝墩银虎奖	付净雪	新津教育队
宝墩银虎奖	周晓寒	五津抚江社区队
宝墩银虎奖	刘　静	新津中学队
宝墩银虎奖	曹涵韬	五津抚江社区队
宝墩银虎奖	马　翔	兴义广滩一队
宝墩铜虎奖	李晓蓉	兴义广滩二队
宝墩铜虎奖	任琬平	永商干饭人队
宝墩铜虎奖	郭敏燕	永商金花队
宝墩铜虎奖	邹崇伟	农业农村局队
宝墩铜虎奖	邓学文	总工会一队
宝墩铜虎奖	邓　茗	兴义广滩一队
宝墩铜虎奖	陈建光	总工会一队
宝墩铜虎奖	刘　浩	农业农村局队

第七章 新津灯谜的特点

百多年来,新津灯谜在传承与发展的过程中,经过谜人的辛勤努力,形成了兼收并蓄、百花齐放,雅俗共赏、古今结合,探索创新、与时俱进的特点。新津的灯谜作品,也具有了自身独特的趣味和美感。

第一节　兼收并蓄　百花齐放

刘勰的《文心雕龙》说："谜也者，回互其辞，使昏迷也。或体目文字，或图象品物，纤巧以弄思，浅察以炫辞，义欲婉而正，辞欲隐而显。"灯谜是一种具有强大包容性的文化联结方式，一切都可以入谜。一则灯谜，寥寥数语，却能独立成章，是一种最简短的文学作品。灯谜的内容包罗万象，凡世间一事一物都可入谜，所以谜目范围非常广，如字、成语、人名、地名、物名、唐诗、宋词、元曲、歌曲、歌词、电影、电视等，甚至日常生活中的行为、用语都可以入谜，更有数字、化学分子式、数学符号、计算题等也可以做成灯谜。

新津谜家何云从既能用"升天入地求之遍（五唐）循环不可寻"做谜，也能用日常用品"雾卷池中菡萏（用物）烟荷包"做谜。他的谜作既取材于《三字经》《千字文》《龙文鞭影》以及古诗、唐诗等各种古文，也取材于日常生活，如中药、食品、鸟名、花名、书名、俗语、商招等，取材范围十分广泛。新津谜人李志坚既能用现在最新的微电影"让他三尺又何妨（微电影）不差米"做谜，也能用民俗"休闲（民俗3+3）走人户、贴春联"做谜，极具有现代感和生活感；新津灯谜非遗传承人解俊峰既能用四川地名"苦难中方显旗帜（四川地名）什邡"做谜，也能用北京奥运火炬手"待到重阳日，还来就菊化（北京奥运火炬手）金晶"做谜；新津老谜家喻光明既能用红歌歌词"摄影巡回展（《东方红》歌词一句）照到哪里哪里亮"做谜，也能用市场上面的招牌"想致富，换思路（5字市招）发动机翻新"做谜。也就是说，灯谜具有包容性，万事万物都可以成谜。新津谜家蔡元俊，早在20世纪90年代初就将谜材进行了扩展，做了一条用毛泽东诗词作谜面的灯谜作品"望长城内外，唯余莽莽（纺织品冠规格）宽幅白布"，后来才出现了众多的谜材扩展的灯谜作品。另外，新津灯谜取材多与新津本地群众生活相关。如"业余号手（新津方言）空了吹""野渡无人舟自横（新津方言）不摆了"取材于新津方言，"万众齐欢腾（新津乡镇名）普兴"取材于新津地名，"平安中国（猜新津企业）泰华""两岸同胞盼一统（新津企业）希望集团"取材于新津企业等，这些都是新津群众耳熟能详的题材。

新津灯谜源自传统文化，随着时代的发展，其表现形式也呈现出新的时代特征。

2023年9月20日，新津首创的大型文商结合的"灯谜盲盒越千年"活动正式启动。该活动以六种形式的灯谜闯关游戏，让参与者切身体验古蜀文化的历史深度，品味新津这座城市富含的古蜀文明底蕴和城市文脉，感受古蜀文化的无穷魅力。特别是第五关"花色灯谜"涵盖题材广泛，有笑话灯谜、汉字数字灯谜、太阳塔谜、阿拉伯数字灯谜等。

第二节　雅俗共赏　古今结合

灯谜往往是雅中有俗、俗中有雅，既有高洁典雅、清新自然的艺术特点，也有通俗易懂、粗犷古朴的艺术风格。

一般来说，借用古典名著中的名句、古代诗词以及各类典故作为谜面谜底都是比较雅的。

新津灯谜界的前辈童汝锷，其古诗文修养极高。他的两条谜题：一条谜面为"润物细无声"，谜底为"唯天下之静者"。谜面句出自杜甫的《春夜喜雨》，谜底出自苏洵的古文名篇《辨奸论》。另一条谜面为"重阳随想"，用字简雅；谜底为"日日思君不见君"，出自李之仪的《卜算子·我住长江头》。再如蔡元俊的一条谜，谜面为"人生自古谁无死"，出自南宋文天祥的《过零丁洋》，谜底为"文笔、绝句"，谜底与谜面映照呼应，堪称佳诗佳谜。再如龚贵明的一条谜，谜面为"某乃吕奉先是也，手下不战无名之辈"，谜底为"布强格、当雄"，谜面为自恃勇猛过人的吕布的戏剧道白，谜底为连缀的铁路站名，是对中国高铁成就的关注与讴歌。

"雅""俗"是一个整体中不同的组成部分，二者既相互依存，又相互影响，在一定条件下还会相互转化。

比如，新津谜人龚贵明用"爬上山顶撒泡尿"猜十字俗语"人往高处走，水往低处流"，就属于大众化的俗；而"登上领奖台，眼泪掉下来"猜十字俗语"人往高处走，水往低处流"，就介于雅俗之间。有的谜作，面雅底也雅，如龚贵明的"秦乱烽烟起，昏君终下台（四字中国名著）吕氏春秋"；有的谜作，面俗底也俗，如喻光明的"把手拿开，不要说话，过去一点，小心飞了（二字四川方言）巴适"，谜面生活味极浓，通俗活泼，谜底又是四川人常说的方言俚语。再如"就是不想分，就是不想离（新津知名企业）希望集团""道可道，非常道（新津街道）白云路""就依公明哥哥的（新津乡镇名）顺江"等，对于这些谜作，普通群众都能接受，谜材熟悉，能猜中、看得懂。

除了雅俗共赏外，古今结合也是新津灯谜的重要特点。如喻光明有一谜，谜面为"人

约黄昏后"，出自欧阳修的《生查子·元夕》，谜底为"元宵晚会预告"。这就把现代生活中的视听元素融入古代诗意，通过技法达到了古今结合、融会贯通的效果。再如新津谜人李志坚的一条谜，谜面为"老树春深更著花"，出自明末清初爱国诗人顾炎武的七律诗《又酬傅处士次韵二首》（其二），谜底为"陈育新"，是知名的新津籍企业家。此谜借名家诗句，浑然天成，如此古今结合的佳作，在新津灯谜中实在是举不胜举。

第三节　探索创新　与时俱进

灯谜要发展，就必须在继承传统的基础上不断探索创新。

2008年，在首届水城新津国际灯谜邀请赛上，新津首创了个人PK赛，得到了谜界的认可和一致好评。第三届水城新津国际灯谜邀请赛，又创设了灯谜辩论赛，开谜界之先河。

2020年10月—11月，新津举办了"爱成都·迎大运·花漾新津文创中心杯"新津区首届社区灯谜大赛，来自全区的146名选手参加了比赛。在村（社区）举办大型灯谜比赛，以此宣传党和政府的中心工作，助推村（社区）文化建设，丰富村（社区）居民生活，在全国灯谜界属创新之举。

2021年5月—9月，新津又举办了新津区第二届社区灯谜大赛。大赛旨在用独具特色的新津本土文化和非遗品牌，以灯谜的形式组织开展庆祝中国共产党成立100周年，进一步做好党史学习教育，促进全民阅读，建设"书香新津"，开展非遗进社区，提升广大群众的参与感、幸福感，建设幸福美好生活。第二届的比赛规模与参加人数都在首届基础上再创新高。全区所有镇（街道）报名都在4支队伍以上。全区共有84支代表队参赛，其中69支成人队、15支学生队，共有262人参加比赛。

2023年，新津灯谜开展了"谜上大运"新媒体传播活动：从7月23日—8月21日共发布视频21期，在红星新闻网首页推出大型宣传专题，创作发布40张动态海报；围绕"猜灯谜"主题，创作《新津非遗　谜上大运》主题宣传片，以及12部创意猜谜、解谜短视频；共发布了2篇SVG新媒体交互类图文稿件；在新浪微博、抖音等自媒体平台设置热门话题，发起了"猜新津灯谜　送文创产品"互动活动。相关视频在成都第31届世界大学生夏季运动会官方平台，以及"成都方志""文明成都""成都水务""成都人社"等10余个政务新媒体账号和红星新闻网所属的10余个媒体账号发布。"谜上大运"主题活动宣传覆盖新闻网站、微信、抖音、微博、头条等多个网络平台，全网可统计阅读量达800余万人次。

同年 9 月，新津灯谜又开创了一条文商结合的道路，与中国天府农业博览园合作，开展了川渝灯谜大联展活动，川渝 16 个灯谜组织共 1000 多条灯谜联展，并创新开展了"灯谜大家乐"娱乐猜谜活动。群众十分踊跃，参与者众。从 2023 年 9 月 23 日到 2024 年 1 月 1 日，共有 3000 多人参加了猜谜活动。

2024 年，新津灯谜学会创新推出了灯谜文创产品"'谜'上你的名字"，即由谜会老师以参会嘉宾的名字为题材，创作出雅致、有趣的谜面，再以书法写就，配合古式印章，制成相框书法摆件，别有一番趣味。如龚贵明根据乐山谜人郜晋的名字创作了谜面"创业有方，生活阳光"，通过拆字的方式，把一个难以入谜的名字制作得非常典雅。郜晋本人特别满意，说很多人为他做过谜，但这条谜是他认为是最好的。

第四节　趣味良多　美感纷呈

在第二届水城新津国际灯谜邀请赛团体决赛中，新津谜家喻光明出了这样一条谜题——"危楼深处人远眺，拂柳清风尽向西（七画字）彤"。福建著名谜家方炳良将此谜特点归为汉字象形中的巧趣。他如是评价："'危楼（高楼）深处人远眺'形若'丹'，描写静态，在于似与不似之间；清风是无形的、不可捉摸的，作者借助'拂柳'将风化为有形，'尽向西'摹状如'彡'，描写动态，惟妙惟肖。合起来，即为'彤'字。品读此谜，仿佛欣赏一幅优美的春风拂柳画，其淡雅清旷、袅娜多姿的艺术画面给人以高品位的审美感受。"

同次比赛中，喻光明另有一题为"主人忘归客不发（6 字口语）没有别的意思"。方炳良根据字义别解的技巧，将此题谓为奇趣。他认为，谜面出自白居易长篇叙事诗《琵琶行》的开篇："忽闻水上琵琶声，主人忘归客不发。"意谓忽然江面上传来了阵阵琵琶声响，白居易听得忘记归返，其朋友也无心开船，扣合谜底"没有别的意思"，解读为"（主客二人）没有告别的意思"。"别"字由"另外"转释为"离别"，只此一字别解，意蕴焕然一新，从而演绎出一段"同是天涯沦落人，相逢何必曾相识"的经典故事。

而新津谜人解俊峰有一条谜则属于情趣范围。解俊峰之谜是"过江千尺浪（成语）风生水起"。"解落三秋叶，能开二月花。过江千尺浪，入竹万竿斜。"这是唐朝著名的宫廷诗人李峤的一首极富情趣的咏风诗。诗的大意是："能吹落秋天的片片树叶，能催开春天的朵朵鲜花。刮过江面掀起千尺巨浪，吹进竹林使得万竿倾斜。"诗人描写了风所到之处留下的痕迹。方炳良认为：前两句用一"落"一"开"，写出了风的轻柔；后两句用数

量词"千尺"与"万竿",写出了风的狂疾。风,是空气流动的现象,本来是看不见、摸不着的,诗人通过"三秋叶""二月花""千尺浪""万竿斜"这些有形的事物,形象地表现了风的特点,让人如见其形,如闻其声,使抽象的事物变得具体可感、可触可摸,情趣盎然。成语"风生水起"。形容事情做得有生气,蓬勃兴旺;入谜则返璞归真,意为"风从水面吹过,水面掀起波澜",以此照应谜面,诠释恰当,平正通达。

新津灯谜的趣味性也展现了其作者由审美意识和审美情感生发出来的艺术魅力。

如喻光明的作品"卷起千堆雪。(书法名词)飞白",谜面为宋代词人苏轼《念奴娇·赤壁怀古》中的句子,意谓激起的浪花好像千万堆白雪,描绘了万里长江极其壮美的景象。飞白是书法中的一种特殊笔法,相传是书法家蔡邕受了修鸿都门的工匠用帚子蘸白粉刷字的启发而创造的。北宋黄伯思说:"取其若发丝处谓之白,其势若飞举者谓之飞。"今人把书画的干枯笔触部分也泛称"飞白"。谜作者把谜底"飞白"别解为"雪白的浪花飞起来",以力度和速度的形象描写,加上色彩的巧妙借代,展现了长江掀起巨大白浪的画面,这就把大自然的壮丽之美表现得淋漓尽致。方炳良认为,这是一种惊心动魄的美。

第八章 人物传录

　　新津山水，钟灵毓秀，从古至今，人才辈出。在这些人才中，当然也包括谜人这个特殊群体。早在北宋时期，新津人张商英以廋辞隐语移书苏轼，可谓新津谜人之滥觞。清末民初，邑人何云从也才显成都谜界。到了现代，又有童汝锷、蔡元俊、刘祖云、喻光明等人才迭出、踵事增华。他们在理念上沿袭了传统的灯谜知识体系，算是传统谜人之属。时至当代，又有解俊峰、龚贵明、李志坚、方茂良等新秀们源源若水之相继。这代谜人除对传统灯谜知识进行继承之外，同时又以网络作为学习和交流的平台，逐步形成了很多新的理念，使新津的灯谜发展进入了一个全新的阶段。新津谜人，乃新津灯谜发展的动力之源。

第一节　人物传

何云从

何云从，名应夔，斋名云从，笔名竹筱，新津花桥镇人，生于1894年4月4日。据何云从的女儿回忆，其父何云从自儿时起就涉足灯谜。更为传奇的是，他的第一个谜语老师，竟是一本从废纸篓里拾得的谜语书。何云从读此书后即有所悟，往试谜场，果验，时年仅8岁。此后，何云从常被他父亲背着去谜场射谜。从这点可以看出，清末时的新津，不仅县城有张灯猜谜的习俗，即便在乡村场镇，也是习有所至，概莫能外的。

何云从虽然出身于农村，但他的旧学功底很好，这从他早期的谜作中可以看得出来。他早期谜语的谜底很多都出自《三字经》《千字文》《龙文鞭影》以及古诗文。如谜面"蚕眠废读书"（原注：浙江人谓蚕眠为幼），谜底为《三字经》中的"幼不学"；谜面"墓鸣鸟"，谜底为唐代诗人常建《昭君墓》中的"坟上哭明月"；谜面"明明"，谜底为唐代诗人李白《上皇西巡南京歌十首》中的"双悬日月照乾坤"。如此等等，不胜枚举。

1912年，刚刚成年的何云从在成都参加了当时十分著名的长春灯社，这是他灯谜生涯中一个重要的转折点。长春灯社成立于光绪二十八年（1902）腊月，那时的何云从才刚刚8岁。长春灯社的社名取自后蜀主孟昶的对联"新年纳余庆，嘉节号长春"。该社成立之后，可谓高手云集，盛况空前。据《纸醉庐春灯百话·卷下》载："忆壬寅（1902年）癸卯（1903年）之岁，谜界诸君在红庙子结长春灯社，中秋始罢。余得躬预其盛，所出佳制美不胜收，群贤济济，其乐陶陶，弹指驹光忽焉数载。"假如之前的何云从以"独学无友"谓之，那么入社后的他，则是志趣相投者多多了。在以后的岁月中，何云从成了长春灯社的积极参与者，谜艺水平也与日俱增。

除长春灯社外，何云从还积极参与了另外一家名为"絜庐"的灯社举办的活动。此灯社由川军将领邓锡侯创建，他以自宅之名（絜庐）来命名，灯社事务由副官张绍荃全权负责。每年正月初三至元宵，灯社设酒宴下请帖，遍邀当时成都谜人前往猜谜。

何云从参与两处灯社活动，记载了不少当时的活动情况和谜作，并将之编纂辑录成册，存于箧中，为今人留下了宝贵的灯谜资料。

1930年，36岁的何云从的制谜水平已有很大提高。其谜作如"红烛烧残烬有余（五言唐诗一句）丹心已作灰"，获得了当代著名灯谜艺术家赵首成的高度评价。他说："谜面似缘于《菜根谭·闲适》：'红烛烧残，万念自然灰冷；黄粱梦破，一身亦似云浮。'李商隐《无题》云：'春蚕到死丝方尽，蜡炬成灰泪始干。'其下句亦昭示了随着红烛燃烧，蜡泪流注，光明虽已渐去，然烧残之灰烬仍在。唐代宋之问《早发始兴江口至虚氏村作》中的诗句'鬓发俄成素，丹心已作灰'，原只是说稠密的黑发俄顷变白，丹心已成死灰，由而感叹时光之急速流逝，人生之荣辱无常。谜人借富有比兴寓意的红烛，鉴诗人之内在，还'丹心'之本真，令猜者于寻常事物中体味到不同寻常之处。"对何云从而言，如此水平的谜作，当然不止此例。

在何云从的谜作中，也有很多事物谜。诸如中药类谜作"麻郎儿（中药）五味子""朱交公登进士表（中药）五甲皮""二生一死（中药）独活"，食品类谜作"爱萤不放帘（食品）花卷""夫人定宜男（食品）一品包子""家业凋零亦等闲（食品）清汤抄手"，川剧类谜作"三岛一平便回国（川剧）《出天方》"。另外，还有鸟名、花名、书名、俗语、商招等类，内容十分丰富。

1943年，何云从到成都县立中学（今成都市第七中学）任文书组长。由于他能干敬业，且善诗文、楹联，又写得一手好字，故颇受校方重视。时值抗战期间，日寇经常轰炸成都，学校经常搬迁，何云从只好和家人分居城乡两地，经常加班加点，食宿于学校。

抗战胜利后，何云从在成都茶店子租下长春灯社一位谜友的房子，全家在此居住下来。在此期间，何云从又以浓厚的兴趣，带着家人，参加了在元宵节由民众教育馆在茶店子举办的猜谜活动，并获奖多多。

1952年8月31日，何云从辞世。斯人生平酷爱谜语，辑有《竹荍庼词》《竹荍射虎录》谜册。他的这一爱好，也深深影响了儿女，灯谜文化在下一代得到了传承。其子何志铨后来也活跃于成都谜界，参与猜谜制谜。他不仅整理抄录了其父留下的遗稿以备付印，而且还曾给数百小学生举办谜语兴趣班，扩大灯谜文化的影响。

童汝锷

童汝锷生于1924年，20世纪40年代毕业于国立四川大学，并在中小学任教5年，后考入西南人民革命大学（今西南政法大学），旋即参加革命工作。在新津谜界，童汝锷是何云从之后承前启后的人物。他一生之中除先后创作格律诗1000余首及大量辞赋外，还创作灯谜数千条，为新津成为"灯谜之乡"立下了汗马功劳。

童汝锷的谜作，与何云从一样，同样受益于扎实的古文修养。他于20世80年代创作的一条谜语——"渔歌声声起，何人启朱唇（苏轼词一句）水调谁家唱"。当代灯谜艺术家赵首成对其评论："谜面两句通俗易懂。谜底见于苏轼《虞美人·有美堂赠述古》之下阕：'沙河塘里灯初上，水调谁家唱？夜阑风静欲归时，惟有一江明月碧琉璃。''水调谁家唱'一句其实也有出处，那就是唐代杜牧《扬州三首》（其一）：'炀帝雷塘土，迷藏有旧楼。谁家唱水调，明月满扬州。骏马宜闲出，千金好旧游。喧阗醉年少，半脱紫茸裘。'贺铸亦有：'楼下谁家歌水调？明月扬州。'本谜法取会意，底面均作设问，互为表里，呼应有致，情趣盎然。"

除了这类取材于古诗文的谜语外，童汝锷还擅长即兴而为的形体谜。20世纪80年代的一天，童汝锷来到新津县文化馆的办公室，说他制作了一个形体谜，叫大家猜一猜。只见他从黑提包里拿出一个生鸡蛋，在办公桌上磕了一下，然后把鸡蛋立在桌面上，说打一个成语，结果无人能够猜出。他揭晓，谜底为"不破不立"，赢得大家的一片喝彩声。

童汝锷秉承家学，对灯谜之道颇有研究。中华人民共和国成立后，他在工作之余协助新津县文化馆开展灯谜活动。在他的带动下，新津县的灯谜爱好者岑明特、李兴玉、刘祖荣、蔡元俊、徐舟等齐聚一堂，将新津县的灯谜活动搞得有声有色。1979年，童汝锷与岑明特、喻光明等组建了新津县文化馆业余灯谜创作小组并担任组长，开展灯谜创作研讨活动。1987年，新津县灯谜学术研究会成立，童汝锷任第一、二届副会长。1983年，在全国首届"三苏"谜会上，童汝锷参与了四川省职工灯谜协会的筹建工作，并在该谜协成立时任协会常务理事。童汝锷谜艺精湛，为新津县灯谜爱好者所服膺。喻光明、李志坚、龚贵明、方茂良等学会中坚力量均从其谜艺指导中受益良多。1987年后，童汝锷任新津灯谜学会谜艺顾问。

多才多艺的童汝锷除爱好灯谜外，也长于文史，在20世纪80年代初曾受聘参与中华人民共和国成立后第一轮《新津县志》的编修工作。县志完成后，他又参与了新津政协文史资料的编写。他在84岁时写有《咏梅》一诗："横斜虬干老梅桩，抖擞精神立雪霜。虽是曾遭风雨劫，晚来犹自发幽香。"这首诗托物言志，恰好是童汝锷一生的回顾和总结。

童汝锷于2011年逝世，享年87岁。

蔡元俊

蔡元俊，新津县五津镇西仓街人，生于1934年4月，中华人民共和国成立后在新津县百货公司工作。

自1979年起，他积极参加新津县文化馆组织的灯谜活动，先后任新津县灯谜学术研究会秘书长、副会长、会长，四川省、成都市灯谜协会理事，中华灯谜学术委员会委员等职。1983年10月，在全国首届"三苏"谜会上，蔡元俊与童汝锷代表新津参赛并获得特别奖。

由于他热爱灯谜，不断钻研学习，在制谜、猜谜方面取得优异成绩，故被称为"蔡老虎"。20世纪90年代，蔡元俊曾作一谜，谜面为"人生自古谁无死"，谜底为"文笔、绝句"。对此，谜界名家曾这样评价："用文笔、绝句归结总括面诗'人生自古谁无死'，堪称不枝不蔓，斩截干净，同时，谜底又能与面诗相呼应，实为佳诗佳谜。"

1991年—1995年，在四川省第六至第八届职工灯谜会猜中，他参加的新津灯谜代表获得"三连冠"。他在四川省第七届职工灯谜会猜中，获得个人创作冠军；在四川省第八届职工灯谜会猜中，他和队友喻光明、李志坚获得电控抢猜冠军。1997年1月，新津县承办四川省第九届职工灯谜会猜暨庆祝香港回归祖国灯谜大赛，他代表新津灯谜学会参与承办，负责大赛的各项准备事宜。经过半年的筹备，大赛于6月23日—27日顺利举行。赛后，四川省总工会副主席鲁满保总结说："新津承办这次大赛，比以往历届都办得出色圆满。"1998年10月，蔡元俊作为四川省唯一的正式代表，受邀参加在广东省南澳召开的中华灯谜学术委员会第二次全国代表大会，并当选为全委会委员。

蔡元俊身体不算好，但精力过人，"十处打锣九处在"。四川省、成都市每年一届的灯谜赛，他是年年打硬仗。在编辑《计划生育谜集》谜册时，他既当编辑又写后记。在电视屏幕上，也时不时出现他在灯谜活动中忙碌的身影。《人民公安报》用头版头条报道新津用群众喜闻乐见的形式宣传消防工作。之后，全国的公安消防部门都写信给新津灯谜学会索要消防专谜，而这个事情起因就是蔡元俊给《人民公安报》寄去的30条消防灯谜。

2006年2月4日，蔡元俊因病去世。虽然斯人已逝，但他为后人留下了多篇灯谜研究论文，其中《景意贵交融，现实寓其中——兼谈灯谜与美学间的共性》《四川方言谜创作之我见》分别获1999年澄海金秋灯谜联欢节"学术部杯"灯谜论文优秀奖和四川省第五届职工灯谜会猜学术谜论奖。

汪扬善

汪扬善,四川新津人,生于 1938 年 1 月。他自幼聪明、善良,名如其人。20 世纪 50 年代末,汪扬善毕业于大邑县安仁中学。回到新津顺江后,汪扬善成了一名民办教师,在 20 世纪 80 年代初转为公办教师,后又调到新津二中任语文老师。那时新津灯谜学会开展的灯谜讲座正以多种形式进入校园,受到学生和老师的欢迎。原本长于数理化的汪扬善,也对灯谜产生了浓厚的兴趣。1993 年,经蔡元俊的介绍,他加入了新津灯谜学会。1992 年—1994 年,作为教师的他,先后两次带学生参加成都市少儿灯谜赛,曾获得团体第三名。

1995 年 12 月,"白塔山杯"爱国主义知识灯谜竞赛暨四川省第八届职工灯谜会猜在宜宾市举行,汪扬善与李志坚、喻光明等人组成新津代表队,以绝对优势夺得了电控抢猜团体第一名。

2004 年后,汪扬善在喻光明的启迪和其他谜友的熏陶下,学习了一些谜艺书籍,并且理论结合实际,也开始制谜。据其堂弟汪扬学回忆,汪扬善每年春节都要和其他谜友一起,通过制谜参与群众性灯谜活动。随着时间的推移,他的制谜水平迅速提高。试看他这条谜:谜面为"昨夜秋风过园林",谜底为"明天见,多谢"。谜面化自王安石《咏菊》:"西风昨夜过园林,吹落黄花满地金。"谜界行家评价说:"此谜好在时空转移:由'昨夜'而'明天'(第二天),由'秋风过园林'到'黄花满地金',经别解推理出'明天见,多谢',谜趣盎然且底材连缀得无缝天衣。为扩充谜作内容,进行底材连缀是个好办法!"

汪扬善一生的大部分时间都是在从事教育事业,如同蜡烛一样,燃烧自己,照亮别人。他创作的一些谜条也与教学有关,如"读书要理解"(谜底为"化学"),再如"身教言教十分重要"(底为礼貌用语"谢谢")等。汪扬善的晚年生活很幸福,这种心境在他创作的谜条中也有所体现,如"耄耋之年喜安家"(底为"老有所乐")。

进入"谜途"的汪扬善,先后试制了近 2000 条谜,部分谜作曾在《中华谜艺》《文虎摘锦》《春灯》《甘肃灯谜》《银海谜谭》《客家谜花》《清风集》《藏智》等谜刊刊出。2013 年,他加入中华灯谜学术委员会。

2015 年 8 月 17 日,汪扬善因病去世,享年 77 岁。

萧文亿

萧文亿，四川新津人，1929年5月生，没有读过官学，读私学两年，后进城当学徒；1951年任新津县手工业工会副主席兼文教委员；9月在《川西工人报》首次发表习作谜4条，并在《川西青年报》猜谜活动中获奖；1952年任新津县文联首届委员，被《川西工人报》评为积极通讯员。他喜爱猜谜和制谜。1980年春节，他自编习作谜近百条，以厂工会名义主持对外展猜活动，获得童汝锷、蔡元俊的好评，并被推荐加入新津县文化馆业余灯谜创作组。他后来成为新津灯谜学会会员、名誉理事及咨询委员，四川省职工灯谜协会会员，2011年成为中华灯谜学术委员会会员。1995年，在福建省永安市举办的纪念抗日战争胜利50周年全国灯谜赛上，他获得创作二等奖；1996年，在新津灯谜艺术节上，他与队友合作获得创作二等奖；1997年11月，在成都市加强精神文明建设知识灯谜大赛上，他获得三等奖。他的部分谜作被收入《中国当代灯谜艺术大辞典》《中华灯谜年鉴（2000—2012年）》以及《新世纪十年灯谜精选》，部分字谜被收入《当代百家字谜精选》。

萧文亿是新津灯谜学会中年事最高、从谜时间最长、对外投稿最多、创作得奖也最多的谜家。他沉迷灯谜几十年，在灯谜创作上精益求精，晚年还佳作频出，经常在全国得奖，曾于2018年和2023年两次获得"雁云灯谜艺术奖"。

2023年4月，萧文亿因病逝世，享年94岁。

第二节　人物录

李兴玉

生于1930年，原新津县文化局干部，中国民间文艺家协会会员，曾任新津县文化馆副馆长和党支部书记，后调任新津县文管所任馆长。他在民俗学领域颇有建树，对灯谜亦颇多研究，写过不少与新津灯谜相关的文章，大力支持灯谜活动的开展，并积极参与，是推动新津灯谜发展的重要力量。于2015年去世。

岑明特

生于1929年，原新津县文化馆干部，对灯谜情有独钟，20世纪50年代即在县文化馆内开展灯谜活动，吸引了众多的灯谜爱好者，后与童汝锷、李兴玉联手，将文化馆的灯谜活动搞得红红火火，远近闻名。1979年，力促新津县文化馆业余灯谜创作小组成立，以文化馆为阵地积极开展灯谜创作研讨活动，并收集整理灯谜资料，指导喻光明完成灯谜普及读物《谜苑点翠》的编写工作。1987年12月—1991年12月，任新津灯谜学会会长；1992年—1997年，任新津灯谜学会顾问。他对新津灯谜的发展起到了重要的促进作用。于2000年去世。

刘祖云

生于1934年，原新津县烟草专卖局退休干部，灯谜爱好者和积极参与者，是新津灯谜学会的创建人之一，对新津灯谜的发展起到了积极的推动作用。据其儿子回忆，刘祖云平生好学，家中的《新华字典》《康熙字典》等，他皆认真看完，可识之字皆知其所以然，并对书法、绘画、楹联都有研究，与蔡元俊是谜、书法、楹联之同道好友。在新津第一轮修志期间，他曾参与过《新津县烟草志》的编修工作。于1996年去世。

倪松泉

生于1938年，四川新津人，曾任新津县二中高中语文教师，退休后经蔡元俊介绍加入新津灯谜学会，积极参与谜会活动并成为开展群众灯谜活动的主要骨干，曾担任新津灯谜学会第四届理事会秘书长。通过涉足灯谜创作，其谜艺水平得到提升。于2023年去世。

喻光明

生于1939年，四川成都人，原新津县文化馆退休干部，中华灯谜学术委员会委员，现任新津灯谜学会顾问、名誉会长。1979年因工作关系涉猎灯谜，在童汝锷、岑明特等人的指导下，对灯谜知识有了较为深入的理解。通过参阅大量灯谜资料和参加实践活动，其谜艺水平得到很大提高。1987年—1996年任新津灯谜学会理事长，1997年至今任新津灯谜学会顾问。曾获四川省第六届职工灯谜会猜团体冠军、个人创作第一名，四川省第七届职工灯谜会猜团体冠军、个人全能第二名，四川省第八届职工灯谜会猜团体冠军、个人创作第一名。其谜作曾获《全国灯谜信息》1991年海内外灯谜创作大赛最佳灯谜奖。2011年5月，喻光明被中华灯谜学术委员会吸收为委员。2000年以来，喻光明参与了历届水城新津国际灯谜邀请赛、新津区社区灯谜大赛、成渝灯谜邀请赛等重大灯谜活动的策划、组织和运行工作。喻光明从谜40余年，德高望重，是新津谜界一位十分受人尊重的长者。

解俊峰

生于1973年，四川新津人，从小热爱文学，喜好文字游戏。1988年喻光明到新津中学开设灯谜讲座，他听后受益匪浅，并得以窥得门径。1995年，他正式加入新津灯谜学会。1997年，他参与新津承办的四川省第九届职工灯谜会猜暨庆祝香港回归祖国灯谜大赛。2000年，他担任了新津灯谜学会会长。他组织举办的历届水城新津国际灯谜邀请赛都获得了圆满成功。2012年12月，他被中华灯谜学术委员会吸收为常委。2016年元宵，他带领新津中学灯谜队参加央视的《中国谜语大会》；2016年5月，他带领新津中学灯谜队参加第三届中华灯谜艺术节，获得高中组铜奖。2019年，他组织新津灯谜学会为80岁的喻光明和90岁的萧文亿举办了"谜人八九零"庆祝活动。

2022年和2023年，他组织举办了两届成渝灯谜邀请赛。在他主持新津灯谜学会工作的近十年中，新津灯谜打造了两个特色产品：一是社区灯谜大赛，二是"灯谜盲盒越千年"活动。2022年10月，解俊峰被认定为"新津灯谜"的新津区非物质文化遗产项目代表性传承人。

龚贵明

生于1963年，四川新津人，现任新津灯谜学会副会长，谜号"散打游侠"。他读小学时就对灯谜产生兴趣，参与了乡文化站的灯谜展猜活动。随着年龄的增长、知识的累积、猜谜水平的提高，他对灯谜越来越感兴趣。读高中时，他就经常去新津县文化馆猜灯谜，并遇到了喻光明、童汝锷、蔡元俊等灯谜前辈。在他们的指导与邀请下，他加入了灯谜小组，并第一次参加了四川省精英谜赛，又先后参加了几次省级谜赛和市级谜赛。他自2011年起担任新津灯谜学会副会长、理事等职。

他多次参加全国各地谜赛，主持新津谜会，其主持风格幽默风趣，被谜友戏称为"灯

谜金牌主持人"。龚贵明新浪博客中的文章经常被推荐到首页,博客点击超过1398万,拥有25 000多名粉丝。他是新津灯谜界的中流砥柱之一。

李志坚

生于1962年,四川新津人,现任新津灯谜学会副会长。他从小喜欢读中国古典文学名著,熟读《三国演义》《水浒传》《西游记》。他小时候跟家长参加春节游园活动,活动之一就有猜灯谜,从此对灯谜产生了兴趣。1987年国庆节前,在蜀津楼猜谜现场,他偶然认识了蔡元俊,后经其介绍加入了新津灯谜学会。入会后,他得到蔡元俊、喻光明、萧文亿、龚贵明等的指点,谜艺水平逐渐提高。李志坚先后在国家、省、市级灯谜比赛活动中多次获奖,并先后在新津灯谜学会中担任副会长、理事长等职。他是新津灯谜界的中流砥柱之一。

方茂良

生于1966年,四川彭山人,曾任新津灯谜学会副会长。他从小喜欢猜谜,凡有灯谜悬猜的地方,总是驻足其间,流连忘返。1986年,因在《四川广播电视报》上的《都来猜》栏目猜谜并发表谜作,他被新津谜友龚贵明发现并推荐给蔡元俊。1988年6月,他正式加入新津灯谜学会。在入会后的20多年时间里,他得益于灯谜学会众位师友的帮助,特别是受到蔡元俊、童汝锷、李杰等前辈,以及喻光明、萧文亿、龚贵明、李志坚、文健等谜师、谜友的悉心指点,谜艺水平得到了很大提升。从1988年8月的四川省第五届职工灯谜会猜开始,他陆续参加了四届四川省职工灯谜会猜和历届成都市灯谜会猜。1994年1月,他荣获"桥牌电炒锅杯"四川省第七届职工灯谜会猜个人全能冠军,并为新津队蝉联团体冠军立下了汗马功劳。他先后在新津灯谜学会中担任过副理事长、副会长等职。

文 健

生于1970年,四川新津人,现任新津灯谜学会会长。1988年师范毕业后,他在新津县城工作，结识了蔡元俊，加入了新津灯谜学会和四川省职工灯谜学会。在活动中，他又得到了喻光明、童汝锷、李杰等灯谜界前辈的指导，猜射、制谜水平都有了提高。他于1989年的新津春节灯谜大赛中获得二等奖，于1989年成都市首届灯谜会猜中获得三等奖。2011年新津灯谜学会换届改选，他被选为学会秘书长，负责学会日常事务、资料图片收集整理等工作。2023年11月，他当选为新津灯谜学会会长。

邹崇伟

生于1963年，四川新津人。20世纪80年代，他先后结识了喻光明和蔡元俊两位灯谜界前辈，并加入了四川省和新津县的灯谜协会组织。在谜协里他还结识了李志坚、龚贵明、方茂良等一批灯谜爱好者。1989年，他随新津队参加了在都江堰举办的成都市首届灯谜会猜，在"与虎谋皮"项目中获得了三等奖。

夏应全

生于1973年，四川新津人，四川省新津县华润高中教师，新津灯谜学会理事。2008年和2009年，他参与了第一和第二届水城新津国际灯谜邀请赛的策划与组织工作。在2021年新津区第二届社区灯谜大赛、2022年首届成渝灯谜邀请赛暨第三届新津灯谜大会和2023年第二届成渝灯谜邀请赛暨第四届新津灯谜大会中，他连续三届获得成人组个人冠军。

陈凤桃

生于1966年，四川新津人，现为新津县兴乐小学语文高级教师。他小学时就喜欢灯谜，初中时买了第一本谜书《谜语选》，对谜法有了初步的了解，对灯谜也产生了更浓厚的兴趣。他经常参加县里举办的灯谜展猜活动，结识了新津老谜人蔡元俊和喻光明，也认识了李志坚和龚贵明，并通过喻光明主讲的电视节目《乐在谜中》系统地学习了灯谜知识。1997年8月，他作为乡镇文化骨干参与了新津县首届灯谜知识培训，在培训中表现突出，经介绍加入了新津灯谜学会。1997年11月，他参加了在双流县举行的成都市加强精神文明建设灯谜大赛，荣获个人赛二等奖、团体赛三等奖，谜艺水平逐渐提高。他积极参加网

络灯谜活动，加入了多个灯谜群，不断提高自己的谜艺，并向自己的朋友、家人宣传灯谜知识。他还在校园里举行灯谜讲座，积极开展各种学生灯谜活动，深受学生、家长及学校领导和同事的欢迎。在新津灯谜学会中，他先后担任过理事、少儿辅导部主任、副会长等职。

邱喜华

生于1962年，四川新津人。20世纪70年代末，在新津县文化馆举办的灯谜展猜活动中，他初试猜射，即有所得，从此对灯谜产生了兴趣。1988年，他经龚贵明介绍加入了新津灯谜学会，从此踏上谜途。他的一些灯谜习作散见于全国各地谜界内部交流读物中，如乐山的《嘉州虎迹》、宜宾的《宜宾谜苑》、厦门的《活页谜刊》、福建龙岩的《采茶灯谜刊》等。于2023年去世。

陈建光

生于1950年，四川新津人，新津洗涤助剂厂退休职工，新津灯谜学会会员、理事。1983年，他偶然购得一本谜书《中国灯谜》，在学习以后，工余时间试着函寄投稿，并以此为乐。1996年，他热衷收看喻光明主讲的电视节目《乐在谜中》，常把猜射的谜题记下来研究。2016年开始，他向谜刊投稿自己创作的灯谜作品，其作品先后在《鹿衔草》《春灯》《文虎摘锦》《残疾人欢乐谷》等灯谜刊物上发表。2020年，《中华灯谜年鉴》录入其创作的灯谜10条。2022年，他参加"天府农博杯"首届成渝灯谜邀请赛暨第三届新津灯谜大会获团体冠军。2023年，他参加"古蜀宝墩杯"第二届成渝灯谜邀请赛暨第四届新津灯谜大会获个人铜虎奖、团体优胜奖。同年，其谜作入选成渝灯谜大联展。

附录

附录一　新津灯谜文献资料

文献资料，是指有历史价值或参考价值的图书、期刊等文字资料。《竹荙廈辞》是新津地区最早的谜书文稿。20世纪80年代—90年代初，新津灯谜学会为普及灯谜知识，在积极举办各种灯谜讲座的同时，也定期编辑各种谜页、谜册。这些资料是多年来新津灯谜发展的记录，为新津灯谜的发展和繁荣起到了不可或缺的推动作用。2000年以后，新津谜人又先后编写了《新津灯谜》《灯谜零距离》《解谜文化小故事》等内部交流读物，并在举办各项灯谜赛事后，编辑了相应的纪念册。

一、谜　页

（1）《典雅》。1991年11月，新津灯谜学会龚贵明编写了谜页《典雅》。该谜页的主要栏目有引经据典、文典、典范、盛典、雅典、典当、典借、字典、出典等。该谜页通篇围绕"典故作谜面，使谜色迭出，雅音增添"的宗旨，故取名《典雅》。谜页以试卷纸单面印刷，装帧极为简单，首页首行依次是刊名、期数和印制日期，两版内容十分紧凑。次年元月，第2期《典雅》编写完成。

（2）《风俗》。1992年12月，龚贵明又编写了谜页《风俗》，其主要栏目有风言风话、谈笑风生、弊绝风清、歪风雅气、饶有风趣、移风易俗、甘拜下风、别有风味、密不透风、捕风捉影、看风使舵、风味独特、通风报信等。龚贵明认为"灯谜应做到谜面通俗易懂、谜底耳熟能详、谜目难易适度，才能被广大群众接受并喜爱"，故取名《风俗》。次年元月，第2期《风俗》编写完成。

此外，龚贵明还编写了《晚霞谜趣》《面友》《玄风》《谜中谜报》《风言风语》《虎头虎脑》等谜页，喻光明编写了《新津谜讯》谜页。

二、谜　册

（1）《谜苑点翠》。《谜苑点翠》是新津谜界的早期谜册，由喻光明创办于20世纪80年代末。其内容分为三部分：第一部分为"灯谜基础知识浅谈"，此部分又细分为"灯谜的源流"和"怎样猜谜"两个小节；第二部分为"谜格浅释"，此部分对移位、谐音、折离、亏损、减字、征对、并合、借音、其他等九类谜格进行了解释；第三部分为"灯谜选刊"。

编印此谜册的宗旨，是"为了满足群众对灯谜知识的渴求，为了给农村文化站、工厂俱乐部、学校等基层群众文化单位提供开展灯谜活动的资料，给初学者介绍制谜和猜谜的基本知识"。由于部分资料尚待整理，故此谜册选编的只是字谜、词语谜和成语谜中的一部分。同一时期，喻光明又先后编辑了《新津谜苑》《五津谜讯》等谜册。由于受当时客观条件所限，最初的《新津谜苑》是手刻蜡版油印，后来才采用机械打字机打印。

（2）《计划生育灯谜集》。1992年，由新津县计划生育委员会、计划生育协会，新津灯谜学会联合编写的《计划生育灯谜集》完稿。1991年11月，时任国家计划生育委员会主任彭珮云为之题词："用生动有趣的形式，向群众宣传计划生育。"该谜集所收资料来自三个部分：一是各地报刊公开发表的及谜界内部刊物所载的谜语、灯谜作品，二是新津灯谜学会会员历年创作的作品，三是向全国各地谜人作者征集的作品。该谜集共收集谜作2223则，其中以计划生育政策、工作用词语为谜面的作品1872则，以计划生育政策、工作用词语为谜底的作品351则。

三、灯谜读物

（1）《竹葆庼辞》。《竹葆庼辞》是新津灯谜界极有影响且完稿最早的灯谜资料。作者何云从，祖籍新津花桥，名应夔，字子安，斋名云从，笔名竹葆。

1949年之前，何云从曾活跃于成都的长春谜社和絜庐谜社。《竹葆庼辞》中记载了不少当时的活动情况，以及作者和两家谜社其他谜友的谜作。何云从的谜友中不乏名家，

如长春灯社早期的社长颜仲齐、《纸醉庐春灯百话》的作者亢聘臣等。他们的部分谜作被何云从录存，并编入书稿存于箧中。可惜，该书稿在20世纪60年代已有散佚。何云从之子何志铨也是灯谜爱好者，他将父亲的遗稿整理抄录，可惜却未能付印。

为保护传承前辈留下的珍贵文献，新津灯谜学会的喻光明和解俊峰经成都谜友高建川、何永宁二人的帮助，终获何志铨的抄录稿。怀着对前辈谜人深深的敬意和感激之情，他们二人于2011年重新对书稿进行编辑刻录。为保持书稿原貌，除装帧和编排顺序外，他们对内容基本没做修改。除《竹荫廋辞》，何云从还辑有《竹荫射虎录》，其中部分有刻录，稿中只注已刻，未标书名及年月。

（2）《新津灯谜》。2014年10月，为进一步扩大新津灯谜的影响，普及灯谜知识，新津灯谜学会与新津社会科学界联合会共同编写了新津社科科普资料之《新津灯谜》。全书分为新津灯谜、四海谜情、图传新津灯谜、谜友风采、新津灯谜大事记等5部分，约13万字。全书记事截至2013年。

（3）《灯谜零距离》。2018年11月，新津灯谜学会为了帮助群众更好地掌握灯谜知识，提高群众的猜谜（制谜）水平，编写了《灯谜零距离》交流资料。该资料以浅显的语言，结合实际谜例，深入浅出地系统讲解了灯谜知识，包括了灯谜的特点与规则、灯谜的谜体与法门、猜谜的技巧、谜格简介、花色谜等5部分内容，是有助于灯谜爱好者了解并进一步认识灯谜的科普资料。

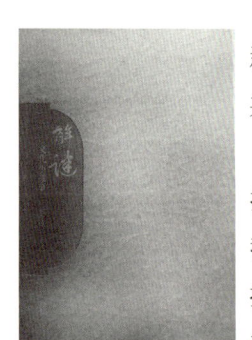

（3）《解谜文化小故事》[新津内资准字（2023）009号]。2023年，新津谜人解俊峰编写了有关灯谜文化的内部读物《解谜文化小故事》，共24万字左右，包括解谜文化小故事160篇。解俊峰在自序中说："本书包括了我于2021年7月到2022年6月近2年时间里，发布在抖音等网络平台上的视频文案160多篇。这些解谜文化小故事，都是我用灯谜思路进行别解的文化小故事。"他强调："灯谜本质上就是换位思考，换个合适的角度对中国汉字文化进行别样的诠释和表达，趣味性、戏剧性和美学趣味也就有了。"该读物在板块设计上别开生面，在每篇文化小故事结束时，都出一条谜题给读者猜，而谜题的谜底就与该篇文化小故事的内容紧密相关。如该书第80篇的故事题目为《白居易初恋，千年后还让人泪奔？》。

唐代诗人白居易与其初恋湘灵的故事在相关历史文献中曾有过记载。白居易对湘灵的一往情深，在其《寄湘灵》《寒闺夜》《长相思》等诗歌中也有所体现。作者在叙述完这个故事以后，在结尾处给读者出了一条谜，谜面为"视而不见亦忍受"，谜底为流行歌曲《初恋》。这样，前面的故事内容与结尾处的谜题便浑然一体，达到水乳交融、珠联璧合的效果。

（4）《新津灯谜·百年百谜》。2023年，新津灯谜学会本着推陈出新的宗旨，对新津从民国时期至今的谜作进行了仔细整理，集成了《新津灯谜·百年百谜》内部读物。该读物首先从老一辈谜人何云从、童汝锷、蔡元俊、萧文亿、汪扬善，以及现在的谜界新秀的作品中，兼顾古今、雅俗等各种风格，精选了100条谜语，然后请国内名家赵首成（中华灯谜学术委员会副主任、《中华谜艺》主编）、蔡芳（中华灯谜学术委员会常委、中国职工灯谜协会副会长）、张顺社（中国民间文艺家协会会员、中华灯谜学术委员会常委）等人，对这百条谜作进行了赏析评述。通过此读物，读者可以看到新津谜作的历史发展脉络。

四、灯谜赛事纪念册

（1）《纪念特刊》。2008年和2009年的新津梨花节期间，由新津县文化旅游发展管理委员会（简称文旅委）主办、新津灯谜学会承办的首届及第二届水城新津国际灯谜邀请赛圆满结束。为纪念这两大盛事，主办及承办方联合编辑了纪念册《纪念特刊》。该纪念册除有丰富的图片资料外，还收录了外地的贺联、贺诗、贺词、贺信，以及两次赛事的活动方案、组织机构、竞赛规程、获奖名单、竞赛谜题等，内容十分丰富。

（2）《风烟望五津》。2011年4月，新津灯谜学会在"花舞人间杯"第三届水城新津国际灯谜邀请赛暨中华灯谜新津论坛结束后，编辑了《风烟望五津》纪念册。此纪念册除收录了活动方案、竞赛规程等内容外，还收录了《提高艺术表现力乃制谜重中之重》等获奖论文5篇，以及入选论文4篇。另外，该纪念册还对网文进行了摘选，

选录了《"花舞人间"中华灯谜新津论坛印象记》等4篇佳作。

2012年4月，新津县文旅委、新津县文化体育广播电视和新闻出版局、新津县旅游局、新津灯谜学会联合编辑了"花舞人间杯"第四届水城新津国际灯谜邀请赛纪念册《风烟望五津（二）》。该纪念册与以往的不同之处，是用了很大篇幅介绍了网络赛的精彩赛事。另外，该纪念册还收录了巾帼联谊队、上海浦东队、重庆队等各代表队的展猜及内部擂台谜作。

（3）《成渝新津一江情》[新津内资准字（2022）009号]。2022年9月—11月，"天府农博杯"首届成渝灯谜邀请赛暨第三届新津灯谜大会在新津隆重举行。来自重庆、成都、宜宾、内江、泸州、乐山、眉山、南充、攀枝花、自贡等地的57位谜友参加了比赛。赛事结束后，新津灯谜学会编印了《成渝新津一江情》纪念册。该纪念册图文并茂，详细记录了此次赛事全国谜界重视、成渝广泛参与、活动内容丰富、比赛精彩纷呈、赛制灵活创新、突出文化传承等特点，是一份宝贵的记录资料。

（4）《二度花香巴蜀地》[新津内资准字（2023）23号]。2023年，"古蜀宝墩杯"第二届成渝灯谜邀请赛暨第四届新津灯谜大会成功举办。重庆谜联委队、重庆万盛队、西南政法大学队、成都少城商灯队、电子科技大学队、乐山队、眉山队、内江队以及新津队等共13支队伍参加了角逐。赛事结束后，新津灯谜学会编印了《二度花香巴蜀地》纪念册。该纪念册通过"系列比赛多精彩""灯谜盲盒越千年""川渝灯谜大联展""新津灯谜火出圈"等4个版块对此次赛事进行了记录。尤其是对"灯谜盲盒越千年"活动，纪念册中以三个"不一样"来表现"三新"，即灯谜盲盒——不一样的新玩法，解构汉字——不一样的新研学，益智烧脑——不一样的新挑战。

附录二 文论辑选

灯谜活动助力社区文化建设路径探究
——以新津区社区灯谜大赛为例（节选）

◎朱康福

一 新津区社区灯谜大赛给新津灯谜注入澎湃活力

1995年12月，成都市文化局授予新津县五津镇"灯谜文化之乡"的称号。2006年11月，"灯谜（新津灯谜）"被列入成都市首批非物质文化遗产名录。

非物质文化遗产是一个国家和民族历史文化成就的重要标志，它不仅对于研究人类文明的演进具有重要意义，而且对于展现世界文化的多样性具有独特作用，是人类共同的文化财富。

作为非遗的新津灯谜，是地方文化自信的具体体现，寄托着30多万新津儿女的浓浓乡情。近年来，聚焦新津灯谜非物质文化遗产的传承和保护，新津灯谜学会在区委、区政府的领导下，在相关职能部门的支持和帮助下，不断增强文化自觉自信，勉励擦亮这块文化瑰宝，让新津灯谜文化在新时代绽放新光彩。

2016年11月，笔者与苏剑先生等中华谜书收藏协会的十位海内外谜友一起，去湖北宜都市全国第一个"中国谜语村"——青林寺村采风。早在2002年，该村就被湖北省文联评为"湖北省青林寺谜语村"。2003年，青林寺被中国民间文艺家协会评为"中国谜语村"，青林寺谜语也被列入第一批国家非物质文化遗产名录。"上到九十九，下到刚开口，说起猜谜语，都能来几首！"据介绍，该村村民擅长制谜、猜谜，痴谜成风。一个面积仅仅12.4平方千米、村民不过千人的村，谜语、谜歌、谜联和谜语故事却丰厚独特，引来央视等全国近百家媒体采访报道，20多位土生土长的农民获得"民间艺术家"称号。

70多岁的村民赵兴寿出版了《青林寺谜歌荟萃》《青林寺谜语》等20多本谜语专著。采风中的所见所闻，令人印象深刻。

新津灯谜，同样令人印象深刻。笔者与新津灯谜、新津谜人的各种联系已近40年，对新津灯谜有较深的了解。新津灯谜的历史渊源、新津谜人的艰苦付出、新津灯谜的多姿多彩和不断创新的各种活动，都历历在目，让人记忆犹新。据笔者观察，无论是宜都青林寺村，还是新津，两地都有一个共同点，那就是不让非遗仅仅停留在荣誉上，而是在传承的同时，不断发扬光大，用持续的活动，为非遗增光添彩，让非遗项目在社会上、在参与者中动起来、活起来、火起来。

只有扎根群众沃土，非遗保护才能更有张力，无论是节假日的群众展猜，走进学校、企业和单位的专题灯谜活动，还是两届社区灯谜大赛，新津灯谜学会都全力以赴，一丝不苟，善始善终，让越来越多的灯谜活动，通过各种群众喜闻乐见的形式，走进新津民众的生活。

正如刘二安先生在《非遗谜语（灯谜）项目刍议》中的分析："这些非物质文化遗产谜语（灯谜）项目所在地，很多是历史文化名城，都具有厚重的传统文化与民间文化积淀，大多灯谜活动开展得较为频繁，具有灯谜文化繁荣发展的沃土。"这些地方"都成立有实力雄厚的灯谜社团，谜家谜人辈出，灯谜氛围浓厚，谜会举办接连不断"。

"苔花如米小，也学牡丹开。"新津灯谜立足新津大地，放眼五湖四海。新津谜人们延续中华文化基因，萃取思想精华，展现灯谜魅力。新津灯谜这个非遗项目，作为优秀传统文化的组成部分，与时俱进地不断创造性转化、创新性发展，从而进一步彰显新津文化、巴蜀文化和中华文化的魅力。作为非遗项目的新津灯谜，具有上百年悠久的历史，在新津灯谜学会的奋发努力下，在广大群众的积极参与下，在各种线上线下的活动中，显示了蓬勃的生机与闪耀的活力。

三　新津区社区灯谜大赛对社区综合治理实践的积极探索

2020年12月1日，《成都市社区发展治理促进条例》（简称《条例》）正式实施。该《条例》已于2020年8月28日由成都市第十七届人民代表大会常务委员会第二十次会议通过，2020年9月29日经四川省第十二届人民代表大会常务委员会第二十二次会议批准。

社区发展是为了增强社区活力和可持续发展能力，推进社区高质量发展、居民生活品质提升与城市发展转型同步。成都市提出社区发展的理念和举措，是在特大城市社区治理中贯彻落实新发展理念的重大成果，也是贯彻落实新发展理念先行先试的创新举措。这是全国第一部应运而生的关于社区发展的促进条例。

新津灯谜学会闻风而动，迅速筹划、组织、举办了新津区社区灯谜大赛，以群众喜闻乐见的形式，扎实为居民文化生活提供服务。这一举动得到了新津社治委的大力支持，也得到了群众的认可和欢迎。谜研会与社区党委、社区居委会通力合作，与社区工作人员一起，坚持以人为本、以服务居民为宗旨，切实把社区文化服务融入具体工作。通过举办灯谜大赛，新津在活跃社区文化、优化社区人文环境、拓展社区服务等方面不断发力，共同创造和谐优美的社区，在建立较高水平的文化服务体系，加强社区现代化管理和服务水平，全面提升社区居民文化水平等方面都取得了值得肯定的成效。

新津灯谜学会举办的社区灯谜大赛，为新津区及成都市社区综合治理实践的积极探索，探索出了一条有意义的新路。在具有深厚的灯谜历史渊源和广泛的灯谜群众基础的新津，谜研会利用自己的专业灯谜艺术优势，不落窠臼，别开生面，取得了斐然成绩。

特别应该强调，新津灯谜学会连续两年举办的社区灯谜大赛，是在《条例》通过、批准和生效过程中实施的，是新津灯谜学会和新津相关部门率先贯彻《条例》的因应之举和积极实践。社区群众通过积极参与灯谜大赛，获得愉悦和满足，身心健康愉快，社区安定和谐，其产生的示范价值和积极影响应该得到充分的肯定。时间绝不仅仅只是当前，空间也绝不仅仅限于新津，此举值得有条件的成都市各区（市、县）将其作为社区治理和社区文化建设的一条可行路径进行参考、借鉴和推广。

三 新津区社区灯谜大赛在丰富社区居民文化活动中大有可为

新津灯谜学会目光敏锐，捕捉到把灯谜活动和社区文化建设进行有机结合的方式。让灯谜走进社区的想法，与新津区社治委拟提升丰富社区文化娱乐活动的想法完美契合。在新津区社治委的指导下，在社区的积极配合下，通过开展灯谜课堂和展猜活动，更多的居民参加到了有益有趣有意义的活动中来。社区灯谜大赛取得了巨大成功。

新津区社区灯谜大赛自始至终得到了区委、区政府领导的高度重视，区委宣传部、区委社治委、区文联、区社科联、区文体旅局等相关部门密切合作，积极推进。区委宣传部牵头召开工作会议，出台正式文件，组织全区各镇街和所有村、社区进行比赛报名，反响十分热烈。

新津灯谜学会在灯谜活动中，坚定不移地贯彻创新、开放、共享的理念，与社区密切配合，共同推进社区的治理建设，特别是社区文化的建设，让社区群众体验到实实在在的获得感和幸福感。

"垂大名于万世者，必先行之于纤微之事。"新津灯谜学会宏观着眼、微观着手，细

致周到地结合各个社区的实际情况,安排了针对性强的多场培训和展猜。他们先请全国知名谜家喻光明先生授课,然后再在社区进行灯谜展猜。报名选手和社区群众积极参与,新津灯谜学会的老师现场指导,场面十分热烈。群众纷纷表示这个形式很好,既参与了灯谜文化活动,学到了灯谜知识,还通过猜谜活动,了解了党和政府的中心工作,学习了文化知识,大家都觉得收获满满。

社区作为社会地域生活共同体,是一个微型小社会。社区文化是社会主义精神文明建设的组成部分。社区文化的特点,决定了社区群众是社区文化的主要参与者。社区文化的教育性、娱乐性、知识性、艺术性,使社区群众可以通过社区文化活动不断提高自身的素质和增强自身的主人翁意识。

灯谜在新津有深厚的历史积淀和社会影响,拥有许多具备一定灯谜知识基础的群众和爱好者,在新津的村(社区)开展灯谜活动,可以说有着得天独厚的优势。

连续两届的新津区社区灯谜大赛,仅参赛选手就达400人次以上,可谓盛况空前。报名参赛的选手,年龄跨度从17～76岁,其中40岁以下的占比近8成。选手来自各行各业,主要来自村和社区,具有广泛的代表性:既有来自村(社区)的工作人员,也有大学生志愿者;既有学校教师,也有社会组织成员;既有退休干部职工,也有在校学生;还有相当数量的农民、个体户等。

事实说明,社区文化建设为灯谜活动的开展提供了更广阔的舞台。新津不断深化社区灯谜特色文化创建工作,建设了具有中华灯谜特色的社区队伍,做好了灯谜爱好者的辅导工作,优化了社区灯谜骨干队伍,为组建灯谜特色团队、在社区开展文化活动培养了有生力量。社区为灯谜活动提供了更具想象力的空间,灯谜大赛在丰富社区居民文化活动中大有可为。

(该论文获得首届成渝灯谜邀请赛暨第三届新津灯谜大会"十佳论文"奖,全文收入《成渝新津一江情——"天府农博杯"首届成渝灯谜邀请赛暨第三届新津灯谜大会纪念册》)

| 作者简介 |

朱康福,四川成都人,副编审,灯谜爱好者,成都少城商灯协会名誉会长,中华灯谜学术委员会委员,四川省谜友联谊会副会长,长安文虎社社员。

浅析新津灯谜的传承与发展（节选）

◎ 卞广军

一　新津灯谜接地气，符合老百姓口味

多年来，新津谜人们自创的灯谜内容包括天文、地理、民俗、新词等，包罗万象，五行八作，几乎涉及了所有的学科，可谓是应有尽有，满足了不同层次老百姓的猜谜需求。新津灯谜之所以能历经百年风雨、长盛不衰，成为特有的一种文化现象，除了灯谜本身固有的广泛的知识性、严谨的逻辑性、深厚的趣味性等基本因素外，新津灯谜坚持本土特色，也是其获得成功的重要秘诀。新津人自创的灯谜"妙棋一着，全盘皆活"，谜底是"开创新局面"，可谓格调高雅、寓教于乐，对广大群众具有潜移默化和鼓舞向上的作用。就这样，新津的灯谜来自百姓之中，让老百姓猜射，老百姓也非常喜欢，有了扎实的群众基础，其想不发展都难。

二　谜材来自生活，百姓喜闻乐见

灯谜来自人民、扎根人民，人民群众是推动灯谜发展的根本力量。新津灯谜文化的发展坚持走群众路线，坚持为人民服务，以最广大人民群众的需求为灯谜工作的出发点和落脚点，坚持以人民为中心的理念，顺应民心、传达民意、关注民生、反映民声。如：灯谜"发怒"猜吉祥语"和气生财"，"岁岁都得我相随"猜祝福吉祥语"年年有余"，"不夜天会面"猜礼貌语"明儿见"，等等。这些谜都是老百姓在生活中经常会说到的话语，他们对此比较熟悉，所以猜起来就有兴致。群众对谜材熟悉，自然就喜欢，也就能猜得兴味盎然。

三　新津灯谜发展离不开政府的支持

当猜谜活动变成一种群众性文化活动时，灯谜文化就释放出巨大的能量。优秀灯谜具有淳化民风的正能量。新津灯谜把握新时代灯谜文化宣教功能的内涵，凸显思想性、趣味性和知识性，拓宽提升新时代灯谜文化宣教功能的途径。新津谜人以坚定的灯谜文化自信、高度的灯谜文化自觉，推动新时代灯谜文化大发展，促进新时代灯谜文化宣教功能大幅提升。新津每出台一项新政策，谜人们就根据条文内容，编制成谜，既活跃了群众文化生活，又有效地宣传了政府的工作，达到了政府满意、老百姓满意的效果。

纵观国内部分地区的灯谜组织或发展艰难缓慢、或中途夭折的情况，其原因大多是

灯谜活动没有进入官方视野，在市井之中自生自灭，完全只依靠了灯谜爱好者自发推动。作为中华优秀传统文化，如果灯谜的社会地位不高，得不到政府的支持和应有的重视，一直处于边缘化或非主流的尴尬境地，甚至连"谜人"的称谓也只是谜圈内的相互称呼，并没有得到谜圈外的认可，那么它是不会发展的，甚至是会消失的。新津灯谜的发展之路绝非如此。多年来，新津谜人们不断增强政治意识、坚定文化自信，围绕区委、区政府中心工作、重点工作开展灯谜活动，努力争取政府的支持，使灯谜被纳入地方文化事业发展的规划之中。

（该论文获得首届成渝灯谜邀请赛暨第三届新津灯谜大会"十佳论文"奖，全文收入《成渝新津一江情——"天府农博杯"首届成渝灯谜邀请赛暨第三届新津灯谜大会纪念册》）

作者简介

卞广军，河南省灯谜艺术家，南阳市民间文艺家协会灯谜专委会常务副主席，南召县灯谜协会主席。

我与新津灯谜

◎喻光明

当我慢慢迈入耄耋之年，回望过往，不知不觉我与新津灯谜的结伴偕行已有了45个春秋。人生苦短，这45年已是我人生旅途的大半路程。而在这近半个世纪的时间里，新津灯谜始终与我相伴，我们共同经历了一段精彩而又艰辛的历程，点点滴滴沁入心扉。

一 我与新津灯谜的结缘

万发缘生，皆系缘分，偶然的相遇，注定了彼此的一生。

1958年，我从成都二中高中毕业后参加工作，几经调动，于1962年调至新津养路段，后加入新津县文工团，1979年9月调至新津县文化馆担任群众文化辅导干部。由于我的爱好广泛，对文学、戏剧、音乐、舞蹈、美术等都有所涉猎，文化馆的工作对我来说真是再合适不过了。

在没有到文化馆工作以前，我就知道新津的灯谜活动搞得红火，经常举办周末灯谜活动，可惜我当时对灯谜还一无所知，参加了几次活动也还是"摸不到火门"（四川方言，意为"找不到头绪"），屡射不中，看到别人领了奖品（铅笔、糖、香烟），也只有"流口水"的份儿。没有想到，到了文化馆后，我被分配的工作中就有"开展灯谜活动"这一项。当时我是愁眉苦脸，叫苦连天。好在有老资格的馆员岑明特老师给了我一本成都市劳动人民文化宫编印的《灯谜知识》，又把童汝锷老师介绍给我，还给了我他们组织灯谜活动时收集的灯谜作品。为了在新的工作岗位上有个良好的表现，我集中精力花了十多天的工夫，把手头的灯谜资料都仔细地读了个遍，不懂的地方就向岑、童两位老师请教。随着对灯谜资料的反复阅读和理解，我对灯谜的认知也逐渐加深。我发觉灯谜是一个非常有趣的东西，它的表现手法千姿百态，创作思路奇诡多变，展现内容包罗万象，往往在不经意之间奇峰突起，既出乎意料而又在情理之中。这对我这种好奇心和求知欲都很强的人来说，无疑是一种致命的诱惑。于是，我这个灯谜"小白"就慢慢地沉浸其中，并一发而不可收，从此走上"谜"途，与灯谜结下了不解之缘，也改写了我的后半生。

通过多次组织灯谜活动，我发现新津在灯谜活动方面有很好的群众基础，既有水平很高的老一辈谜人，也有一大批积极参与的灯谜爱好者，更有经验丰富的灯谜活动组织者，这些因素使得新津县的灯谜活动经久不衰。在这种良好的氛围中，我感觉作为灯谜活动的组织者，自己的水平和学识都有点跟不上趟了。于是我决心在这方面好好下点功夫，尽力搜集灯谜资料，多读相关书籍。可惜当时的通信条件限制，新津谜友与外地谜友的联系很少，能搜集到的资料实在不多。20世纪80年代，正是群众对文化需求的饥渴期，而开展灯谜活动所需的灯谜作品已跟不上群众需求，频频告急。于是，我和岑、童二位老师共同发起成立了新津县文化馆灯谜创作小组，把部分灯谜爱好者组织起来，共同创作、交流经验、提高水平，这也是新津灯谜历史上的第一个灯谜组织。由此，我也得以结识了蔡元俊、刘祖荣、徐舟、杨康林、刘万通、邹崇伟等更多的新津灯谜爱好者。一时间新津灯谜活动开展得生机勃勃，除了节假日的活动，我们还与新津县的消防大队、工商银行、妇联、共青团等许多部门、单位联合开展灯谜活动。

当时灯谜资料匮乏，大家学习灯谜的途径有限，仅通过一些公开出版的灯谜书籍和期刊来零散地获得灯谜知识，已不能满足大家的需要了。所以，编写一本较为系统地讲述灯谜基础知识的小册子，就被提到日程上来了。因为我是文化馆的工作人员，编写资料正是我的工作内容，加上通过几年的灯谜活动，我的谜艺水平也有了一定的提升，所以大家就推举我来执笔编写。我实在推脱不过，就在大家的鼓励支持下，勉为其难地把这个任务接了下来。为了完成这个对于我来说极具挑战性的任务，我不敢有丝毫懈怠，对手头的灯谜

资料，特别是郭金华和石瑛编写的《灯谜知识》，反复阅读，仔细揣摩。在岑明特、童汝锷老师的指导下，经过了近3个月的时间，几番修改，终于脱稿。当时我看到的最红火的文化刊物《文化娱乐》中有一个灯谜栏目叫《谜苑撷英》。我想我编写的这本小册子在谜苑群英当中连一朵小花都算不上，只能算是一片毫不起眼的绿叶点缀其中，于是就将小册子命名为《谜苑点翠》。得到了大家的认可后，我又请文化馆的美术老师曹辉为她设计了一个简单素雅的封面，最后交付新津县印刷厂排印。

当时新津县印刷厂的印刷方式还是落后的铅字排版铸模印刷，排版工人的文化水平也很一般，在专业性较强的灯谜读物的排版上就显得十分困难，错误频出。我只得常往印刷厂跑，及时校错改排。经过多次的校对修改，花了一个多月的时间，终于把这本灯谜小册子印了出来。当这本小册子到了灯谜爱好者手中的时候，大家都非常喜欢，认为这将会对新津灯谜整体水平的提高起到积极的推动作用。而我则是通过对这本小册子的编写，逐渐捋清了灯谜的脉络，更加深了我对灯谜基础知识的理解和掌握，也为我的灯谜之路铺下了一块稳固的基石。

三　我与新津谜人的情谊

"素尺无缘知锦绣，红尘有幸识丹青"。在组织灯谜活动的过程中，我有幸认识了众多的灯谜爱好者，其中对我影响较大、给我留下深刻印象的有这么几位。

岑明特是我接触最多的老师，他是我在文化馆工作时的直接领导。他毕业于音乐专科学校，主要负责音乐辅导工作，任群众文化辅导组组长，组织灯谜活动也是他的主要工作。在我还没有到文化馆之前，文化馆的灯谜活动一直就由他负责，因而他也是新津灯谜的主要奠基者之一。在我的印象中，他是一个性格内向、不苟言笑的人，对工作认真负责、一丝不苟、要求严格。我能在灯谜之路上一直走下去，与他对我工作的支持、灯谜资料的提供、灯谜知识的解惑分不开。正是他提供的宝贵的灯谜资料，使我窥得了灯谜的门径，我非常感谢他。

童汝锷是我非常尊敬的长者，也是我学习灯谜的导师。童老师世代书香，家学渊源。其嫡堂高祖童宗颜（清进士，曾任翰林院编修）就喜好灯谜，于每年春节、元宵期间，将自编灯谜悬挂在门前灯笼上供人猜射，并给予猜中者一份丰厚的奖品。此举，被童家后辈代代相传，乐此不疲。童老师秉承家学，对灯谜之道颇有研究。20世纪50年代，新津县文化馆在童老师的鼎力支持下把灯谜活动红红火火地搞了起来，活动也不再局限于仅在春节、元宵期间开展，而是在节假日和周末都有开展，这也为新津灯谜的传承和发展奠定了良好的基础。童老师腹笥丰赡，对古典文学尤为擅长。我在与他的接触中受益匪浅。他对灯谜的扣合方法非常熟悉，凡是我看不懂的，他都能给出清楚的解答。记得我看到他的"润物细无声"扣苏洵《辩奸论》一句"唯天下之静者"时，问他"天下"是怎样得来的？他说："'雨'作为动词用即可扣'天下'。谜面是杜甫的《春夜喜雨》中的一句，此句描写了春雨默默地对万物进行滋润，与'雨'紧密相关，所以可扣合谜底。"童老师制谜也非常辛劳，经常在临睡前忽有所得，害怕忘了，便起床记录下来。后来我也时有效仿，颇有收获。童老师在担任新津灯谜学会理事长和谜艺顾问的时候，也是任劳任怨、不计辛劳。新津谜人很多都得到过他的指导与帮助。童老师是新津灯谜界承上启下的关键人物，没有他对灯谜的辛苦付出，就没有新津灯谜的今天。

蔡元俊是新津灯谜从弱小走向兴盛的大功臣。他是一个不折不扣的灯谜活动家，他口才好、交际广，更重要的是他对灯谜热爱且执着。他担任的社会职务很多，因而他接触的人也很广，上到县委书记，下到普通商贩，他都能"打得拢堆"（四川方言，意为"打成一片"），摆得起龙门阵。在他的鼓动下，很多人被他说动，对灯谜产生了兴趣，纷纷加入灯谜学会。在他的努力下，新津灯谜学会的会员发展到了100多人。在20世纪八九十年代，由于新津县当时的财政状况并不太好，因此群众文化活动的经费也比较紧张，灯谜学会的活动经费需要靠自己筹措。蔡老师凭借其三寸不烂之舌，为新津灯谜学会筹集了很多活动经费，并由此探索出一条行之有效的文经结合之路，为新津灯谜的可持续性发展立下了汗马功劳。

我与蔡老师在灯谜路上相知相遇，并肩前行了20余年。这20余年间，我们孜孜矻矻、筚路蓝缕，为新津灯谜的发展和兴盛留下了各自不同的印迹。我和蔡老师的性格不同：他外向，我内敛；他急躁，我温和；他强势，我随性；他勤谨，我疏懒。这些性格上的矛盾本不容易使我们两人融洽相处，但为了新津灯谜的发展，我们却能够配合无间、携手共进，这也许就是人们常说的性格互补吧。他的优点和长处是我万万不及的，也是我深为佩服的。他可以把与别人交谈的话题毫无痕迹地转到灯谜上来；他可以见缝插针地给县委书记汇报灯谜活动情况，提出支持要求；他可以落落大方地与单位或部门的负责人大谈灯谜与宣传教育的配合，从而要求合作；他可以间接婉转地以企业效益为由争取企业对灯谜活动的支持。这些都不是我能做得到的，而这些又恰恰是新津灯谜活动能够持续开展所不可或缺的。于是我就把主要精力放在了普及灯谜知识、扩大灯谜群众基础，以及帮助灯谜爱好者提高谜艺水平上来。蔡老师由于性格的原因，在处理学会工作的过程中有时难免会因为过于急躁或要求过于严苛，而与其他会员产生摩擦。而我的脾气比较温和，每遇此等情况，我便从中斡旋，化解矛盾，维护会员的团结。我们这样的配合并没有什么明确的分工，而是自然而然形成的，也可以称之为默契吧。这样的默契配合在很多方面都有体现。比如每逢省市举行重大的灯谜比赛，他就负责和各单位协商调动人员，我就负责人员的培训和技战术的研讨；在开设灯谜讲座时，他就负责场地联系、听众组织、后勤保障，我就负责备课讲

课。我们的互补协作，为新津灯谜的持续发展提供了坚实保障。

李志坚、龚贵明、方茂良、解俊峰都是在童、蔡二位老师的推举下先后加入了新津灯谜队伍并成为新津灯谜的骨干力量，为新津灯谜的发展壮大做出了重大贡献。我与几位谜友多次共同征战在省市灯谜比赛的舞台上，为新津灯谜赢得了荣誉。我们是谜友、战友，更是朋友，我从他们的身上看到了睿智、勤奋、坚持，更看到了新津灯谜美好的未来。他们各有所长、各具特色：有的谜思敏捷，态度严谨；有的学养丰厚，勤于思考；有的思路开阔，新意迭出；有的勤勉务实，华彩内蕴。我虽比他们年长几岁，但却不敢以长辈自居，觉得自己有很多地方都要向他们学习。孔子曰："三人行，必有我师焉。"诚不我欺也。正是因为他们的优秀，才使我感到自己的不足，更促使我渐次克制自己的怠惰，振奋起向前的勇气；正是因为有他们的青春朝气，才使我常葆对青春的向往。我要谢谢他们。

三　我在灯谜普及的路上

提高和普及问题可以说是文艺活动的一个永恒话题。就灯谜界的现状来看，特别是在灯谜活动开展相对较少的地方，普及更是第一位的。独乐乐不如众乐乐，况乎本就属于大众文化的灯谜。我在与全国各地谜友的交往中，深深体会到我们与他们的差距。特别是在沿海灯谜文化兴盛的地区，他们除了具有坚实的经济基础外，还拥有人数可观的灯谜群体和高超的谜艺水平。我们与他们的差距不仅是在经济上、谜艺水平上，更重要的是在群众基础上。我们要赶上他们，就必须在加强基础建设、扩大灯谜队伍上下狠功夫。新津灯谜在前辈们的努力下有了一定的群众基础，但还远远不够，群众对灯谜的认知还很浅显，猜谜制谜的基本功也不够扎实。究其原因，是群众的灯谜基础知识还有所欠缺，还处在似懂非懂的状态。好在我们的灯谜队伍中拥有一批如童汝锷、岑明特、蔡元俊等具有较高谜艺水平和组织能力的核心人才，还有一批如李志坚、龚贵明、方茂良、解俊峰等具有良好学养、才思敏捷、猜制俱佳的精英骨干。还有，经过新津谜人几十年的耕耘，灯谜活动已得到了新津区政府的重视和社会各界的认可，吸引了众多灯谜爱好者的参与。新津灯谜还被列入了成都市首批非物质文化遗产保护名录。这些有利条件为新津灯谜的发展奠定了良好的基础，也使我们有了让新津灯谜跻身全国谜界前列的信心。当然，要达成这个目标，我们还有许多工作要做——普及灯谜知识，扩大灯谜队伍，把基础打得更牢靠，这些都是我们必须花大力气去做的重要工作。在我从谜的40多年时间里，我一直把主要精力放在灯谜的普及上，想让新津的灯谜爱好者越来越多，新津的灯谜活动越来越红火。现在看来，我们的做法是对的，效果也是明显的。我在灯谜普及上做了以下几件事。

一是，在《谜苑点翠》的基础上，参照全国优秀灯谜教材，我重新编写了新的灯谜知识教程《灯谜零距离》，受到了广大灯谜爱好者的欢迎。后来，我还将其改编成新津中学灯谜选修课的教案，改名为《中华灯谜基础教程》。后又将其改名为《中华灯谜基础知识》，并作为新津老科协的科普资料被赠予基层科普组织和学校，成为传播灯谜知识的重要载体。

二是，1994年经成都谜友何永宁介绍与成都市锦江区天安生活用品经营部合作，在新津县电视台主持开设了《乐在谜中》灯谜讲座节目。该节目每周一期，先后共播出62期，系统地向广大观众讲解了灯谜知识，每期还出几条灯谜供观众猜射，猜中有奖，受到观众的欢迎。每期节目播出后，我都能收到数十封观众来信，多时可达200来封，连附近的双流、崇州、邛崃、蒲江、大邑、彭山、眉山等地的群众都来信参与，先后共收到观众来信6000余封。该节目的播出在短期内即在社会上形成一股猜谜热潮，取得了良好的社会效果。

三是，开展了灯谜进校园活动。我们通过各种渠道，利用各种方式，在新津的十几所学校开展了灯谜讲座、灯谜展猜、灯谜互动等活动，得到了学校领导的肯定，受到了学生的欢迎，获得了家长的支持。几十年来，我们先后在新津中学、新津二中、五津初中、新津一小、泰华学校、普兴小学、花桥小学、花源小学、邓双小学、顺江小学等开展了几百次不同形式的灯谜传播活动，取得了良好的效果。学会现有的许多会员，都是因听过我的灯谜讲座而喜欢上了灯谜，而今成为学会的骨干。尤为可喜的是，在这个过程中还涌现了一批优秀的学员，他们代表新津学生参加了在央视以及全国、省、市、区举行的各种级别的灯谜竞赛，并在比赛中有着优秀的表现，取得了不俗的成绩，展现了新津灯谜的风采，为新津赢得了荣誉。

四　我与海内外谜友的交往

"人生交契无老少，论交何必先同调。""以文常会友，唯德自成邻。"

灯谜是一种文化，所以灯谜界的交往与文化人的交往大抵相同。谜界有句话叫"以谜会友"，"谜"就是友谊的桥梁。我与海内外众多谜友的结识，也是通过"谜"这个桥梁。更准确地说，是"新津灯谜"这个桥梁，让素不相识的我们走到了一起。在接触灯谜之初，我从零散的灯谜资料上看到了一些谜作者的名字，当时我觉得我与他们的谜艺水平差距很大，只有仰望的份儿，在心理上隔得很远，更没有产生与之交往的想法。直到1983年，童汝锷、蔡元俊代表新津参加了在四川省眉山举办的全国首届"三苏"谜会，才开启了新津谜人与县域外谜友的交往。此后，通过参加四川省和成都市组织的多次灯谜赛事，新津谜人有了与县域外更多谜友结识、交流的机会。我也因代表新津参加过多次的比赛，而与众多谜友建立起了友谊，先后结识了成都周发仁、郭金华、朱康福、何志铨，重庆陆懋蔚、张顺社、郑远达、唐依明等，还有乐山的郜晋、宜宾的王志成、南充的任鹏文、彭山的张

昭清等数十位谜友。他们与我既是比赛场上的对手，又是谜艺交流的师友。每次的谜会，都让我期盼——期盼与老友的晤面，期盼与师友的交流，期盼能得到诸多灯谜资料的馈赠。通过比赛经验的累积、师友的提点、知识的扩展，我的谜艺水平得到了稳步提升。在此期间，我创作的"'残杯与冷炙'猜'人口过剩'"一谜，在《全国灯谜信息》谜刊举办的海内外灯谜创作大赛上，从2000多条参赛谜作中脱颖而出，获得了"最佳灯谜奖"。

由于以前的通信条件有限，新津谜人与海内外谜友之间的交流很少。直到1991年6月，中国香港的刘雁云、张伯人，广东的郑百川、张哲源，以及泰国的卢山夫等谜界名宿来新津做客，我有幸作陪，方才开启了我与海内外谜家交往的旅程。新津谜人与海内外谜人的联系也从此建立起来了。不断的书信往来和灯谜资料的交流，开阔了我们的眼界，使新津谜人对海内外灯谜发展动态有了更多、更深的了解，对推动新津灯谜的发展起到了良好的作用。2008年在新津梨花节期间，新津灯谜学会承办了"丽津酒店杯"首届水城新津国际灯谜邀请赛。这次大赛邀请了海内外众多灯谜高手和风云人物，许多选手都是我闻名已久但未能谋面的谜界精英，其中就有曾多次夺得全国谜赛冠军的郭少敏、夺得"东方谜王"桂冠的王少鹏、广东谜坛的领军人物陈继耿等。这次赛会还邀请了几位久负盛名的灯谜名家担任评委，其中就有我仰慕已久的刘二安、张伯人、张哲源、敖耀寰等几位老师，还有应邀前来助阵的《中国谜报》主编关德安、《春灯》主编罗营东、《文虎摘锦》主编朱墨兮等嘉宾。我由于担任了大赛竞赛组兼评委组组长，因此有更多的机会与几位老师近距离交流，学到了很多灯谜知识，也获得了许多宝贵的组织经验。这样集众多海内外灯谜精英于一堂的大规模的谜赛，是新津灯谜历史上的第一次，也是新津灯谜在中华谜坛的一次精彩亮相，让海内外更多的谜人认识了新津，更认识了新津灯谜。此次大赛成功后，第二至第四届水城新津国际灯谜邀请赛相继举办，且愈办愈好，新意迭出，连续两届被中华灯谜学术委员会授予"最佳谜会"的称号，来新津参加谜会成了海内外灯谜爱好者的热切期盼。连续四届的灯谜邀请赛，让大批灯谜精英、谜界的名家名宿齐聚新津。特别是第二届灯谜邀请赛期间，中华灯谜学术委员会主任郑百川来到现场做了指导，并担任评委组组长，与新加坡灯谜协会会长黄玉兰、马来西亚谜家邓凤鸣，我国台湾地区谜家徐添河、香港地区谜家张伯人等共同组成了阵容强大的九人评委组。此外，我国台湾地区也派出了代表队参加了此次比赛，真是盛况空前。四届灯谜邀请赛的举办，让新津成为西部灯谜的聚焦点，也让新津谜人有了与海内外灯谜师友亲密接触和交流学习的机会，这对新津灯谜的发展无疑起到了很大的促进作用。通过四届灯谜邀请赛的组织工作，我与海内外谜界师友有了更广泛深入的接触和交流，我的名字也渐为更多的谜人所知晓。

2010年9月，我接到宝鸡著名谜家、中华灯谜学术委员会副主任田鸿牛先生的邀请，作为特邀嘉宾参加在宝鸡举行的西北地区2010金秋谜友联谊会。这是我第一次因为谜事活动走出四川。在宝鸡我受到了十分热情的款待，田鸿牛老师和宝鸡灯谜协会的领导到火车站接站，为我扛行李、安排住宿，并设晚宴接风。在欢迎晚宴上，田鸿牛为我引见了兰州谜家、中华灯谜学术委员会顾问张志有老师，银川谜家、中华灯谜学术委员会常委苏德友老师，还安排了一场别有情趣的灯谜互猜联谊活动，让我对西北灯谜有了更多的了解。联谊会期间，我还认识了众多的西北谜人，其中就有我仰慕已久的西安谜家、中华灯谜学术委员会副主任苏剑老师，还有陈书法、王汉生、龙汉德、王少鹏、安建国等谜界精英。

宝鸡之行开启了我踏上谜途、走出四川的灯谜之旅。此后，我或作为受邀嘉宾，或作为参赛领队，或作为观摩代表，先后参加了2011西安世界园艺博览会灯谜创作大赛颁奖典礼、2011年宝鸡金秋谜会暨陕甘川灯谜邀请赛、"居佳杯"首届灯谜文化节、第四届中华灯谜文化节暨首届华人中学生灯谜大会、"海丝杯"第五届中华灯谜文化节暨石狮第七届中华灯谜艺术节、首届校园灯谜大会、上海"南翔杯"全国中学生灯谜邀请赛等。一路走来，我见到并结识了众多的海内外谜师谜友，学到了很多宝贵的知识，见识了许多盛大感人的场面。由此，我开阔了眼界，增长了知识，更感受到了谜人们浓浓的情意。其中有几件事情令我印象深刻，终生难忘。

2011年5月，我应苏剑先生的邀请，赴西安参加2011年西安世界园艺博览会灯谜创作大赛颁奖典礼。我乘坐火车于上午11点过到站，接站的西安谜友早已在出站口等候。谜友见面分外亲切，我们乘上迎候的专车，直驱下榻的酒店。因路途较远且堵塞严重，车行十分缓慢。途中接到几通催促电话，说是午餐已经备妥，就等我们到时开宴。我回复请他们不必等候，我们尽快赶到。结果，等赶到酒店已是12点半以后了。待我踏进餐厅大门时，一阵热烈的掌声令我震惊。全场60多人，都在鼓掌，而桌上的菜肴却丝毫未动，显然是一直在等候之中。我从来没有经历过这种场面，一时之间我又惶恐又感动。直到我坐到郑百川先生的旁边，我才缓过劲来。席间不断有人前来敬酒，我也一一回敬，宾主尽欢。大家都向我祝贺新津两次谜会（首届和第二届水城新津国际灯谜邀请赛）的成功举办，还一再询问何时举办第三届，都希望能够有机会参加。由此可见，新津的这两次谜会在谜界中已产生了广泛影响。这也使我明白，我之所以能够受到如此的礼遇，不是我个人有什么了不得，而是因为新津灯谜的魅力，离开了新津灯谜我什么都不是。

2012年11月，我作为嘉宾出席了在深圳举办的"居佳杯"首届灯谜文化节。这是中华灯谜学术委员会主办的第一个顶级灯谜盛会，被称为"灯谜界的奥运会"。海内外谜家名宿、谜坛虎将精英济济一堂，300余人莅会，盛况空前。在组委会安排的顾问和嘉宾席上，我见到了许多曾到过新津的老朋友，其中就有我国香港的谜家刘雁云先生。刘先生是我极

为仰慕的谜家,他不仅谜艺水平高,而且在海内外华人谜友的交流方面做出了重要贡献,获得了谜界的同声赞誉,被称为"谜国雁臣"。我与他在新津(1991年)曾有过一面之缘。2008年首届水城新津国际灯谜邀请赛时,我们曾邀请他担任评委,遗憾的是他因行动不便未能莅临新津。时隔19年再次相见,倍感亲切,我们双手紧紧相握,久久不放,彼此问候共同相识的老朋友。在交谈中,他特别关心新津灯谜的发展情况,祝贺我们两届谜会的成功,希望我们能把谜会继续办下去,并表示有机会一定再赴新津。他的殷殷之情溢于言表,使我备受感动,也因有谜界大佬的关注而对新津灯谜的发展充满信心。

香港的张伯人先生也是我们新津的老朋友,他曾在1991年和2008年先后两次来到新津。他大我12岁,是一个和蔼的长者。他是中华灯谜学术委员会的顾问,在谜界有很好的风评。这次在深圳再次相遇,他非常高兴,特别安排了时间,把我带到他在深圳的居所,并将他的好友、泰国著名谜家林仲杰介绍给我。在他家,我受到了热情的款待。他女儿为我沏上香茶,水果、点心、坚果摆满茶几,张先生陪我参观了他的书房、画室,并向我赠送了一套他编写的谜书。我非常感动,也感到了来自老一辈谜人的深切关爱。其间我们谈得最多的还是他到新津的感受。他非常看好新津灯谜,希望我们把新津的灯谜活动搞得更好,也希望有机会再到新津看看。

以谜结缘,以谜结情,我之所以能与海内外众多谜界师友结识,收获情谊,广受教益,都是因为有了"灯谜"这个桥梁,更是因为有了"新津灯谜"这个坚实的依托。大家尊重我、礼敬我,都是因为我是新津谜人。灯谜改变了我的人生,灯谜充实了我的生活,灯谜是我的良师益友,灯谜是我晚年的快乐。我有幸生活在新津这片灯谜的沃土,有幸和新津谜人一道耕耘收获。新津灯谜给我的太多太多,我对新津灯谜的贡献却十分微薄。我感恩新津灯谜,感谢新津谜人,期望新津灯谜天运长久,愈来愈火。

| 作者简介 |

喻光明,四川新津人,曾任新津灯谜学会理事长、中华灯谜学术委员会委员,现任新津灯谜学会顾问、名誉会长。

附 录

我的新津灯谜非遗传承之路

◎解俊峰

我跟灯谜的接触，最初是在小学。我出生在新津永兴场，一个位于新津西南，与邛崃、蒲江、彭山交界的小镇。我父亲是镇上医院的医生，他很重视教育，在我小学的时候，就为我订阅了《智力》杂志。我非常喜欢，每一期都要从头看到尾，做里面的智力题，玩得不亦乐乎。每一期《智力》杂志的最后都会有几条灯谜，我也特别喜欢。猜谜就像做智力题，寻找给出的线索，凭着蛛丝马迹，点点拼图，往往于"山重水复疑无路"之际，觅得"柳暗花明又一村"的豁然开朗，让人十分开心。自此以后，由于各种因缘际会，我与新津灯谜的非遗传承结下了不解之缘。

一 "捡"了个冠军

1986年我考上新津第一中学（今四川省新津中学），开始进城住校。城里面的灯谜活动更多，但我参加得很少，毕竟那个时候通信并不发达。直到1987年的春节，我才算正式参加了一次灯谜活动。

那些年春节会有游园活动，就在文化馆里面。文化馆没有楼房，就是几排平房，里面有个比较大的坝子，还有一个小舞台，春节期间就在这里搞游园活动。那天是大年初一，我跟着家里人去城里玩，路口看到海报说文化馆里有活动，我就不愿跟着我妈去逛街了，一个人去了文化馆。文化馆的小舞台前里三层外三层围了好多人，走近一看，台上有一条横幅——新津县首届智力竞赛。横幅上的字是手写的，简直不要太帅！我就是被那几个字吸引过来的。字的前面，站着一位更帅的戴着眼镜的男人——是的，你猜对了，那就是喻光明老师，他在主持当天的那场智力竞赛。那天并不是我第一次见到喻老师，此前在参加街头展猜的时候我就已经见过他了，但那天的他给我留下了深刻印象——他站在台上，声音洪亮，饱含热情，调度全场，风度翩翩。我心中景仰，觉得大丈夫就当如此这般。若干年后，我慢慢走上舞台，成为主持，正是源于这次遇见。

当时的智力竞赛，方法很简单，甚至可以说是简陋——大家围在台前，喻老师手里拿着纸，念了题，人们就在台下举手，点到后回答。题目有知识类的、逻辑类、灯谜类的，跟《智力》杂志上的差不多。我当时身高不到一米四，几乎被淹没在人群中。虽然我频频举手，但总是没人家快，或者没别人举得高，喻老师都看不到我。直到有一道题——那是

一道知识问答类的题，具体题目我忘了，只记得答案是"夏洛特"——全场就我一人举手，我才被看见。答对后，我得到一支钢笔，心里美滋滋的。更美的是，几分钟后，全场比赛结束，喻老师通知我，我通过了初赛，可以参加大年初三举行的决赛。这就让我有了再一次进城的理由。

大年初三，我再次来到文化馆参加决赛，这才发现这个比赛是没有年龄分组的，我大概是年龄和个子都最小的那个。当时参赛的有成年人、有高中生，但是大家都跟我一样，没什么准备，也不知道喻老师手里都有什么题目。我运气不错，好多题我都知道一些，可能跟平时喜欢看《智力》杂志，做里面的各种智力题有关。最后我居然拿到了冠军。答了什么题都忘了，但有一道灯谜题记忆深刻——说的是有一个厨子，被人要求用三个铜板做出有内涵的菜。厨子于是买了两个鸡蛋几根大葱，做了四道菜：第一道菜是几根绿葱，放上两个蛋黄；第二道菜是蛋白切成丁，在盘子里摆成斜斜的一排；第三道菜是半个蛋壳，中间挖了方方的小孔，看得到里面的蛋白；第四道菜更简陋，一碗葱花汤，上面飘着半个蛋壳。这四道菜蕴含着一首著名的唐诗——杜甫的《绝句》："两个黄鹂鸣翠柳，一行白鹭上青天。窗含西岭千秋雪，门泊东吴万里船。"其实第一道菜一出来我就猜到答案了，毕竟我会的唐诗也就那么几首。我怕别的选手也猜到了，焦急地等着喻老师把长长的题目念完。他一念完，我就迫不及待地跳起来抢答，还好抢中了。

冠军的奖励是30元现金，而当时我爸每个月的工资才24元。我揣着"巨款"回家向我爸邀功。我爸很高兴，说儿子能干了，能挣钱了。他骑上自行车，带我去城买了一件人造革的"皮衣"。"皮衣"真帅啊，我穿了好久，都舍不得脱。毕竟，不是所有小伙伴身上的衣服都是用自己赢得的奖金买的，也不是所有奖金都是县上智力竞赛的冠军奖金，这个牛够我吹上小半辈子了。其实我那个冠军，完全是"捡"的。当时信息不发达，参赛者很多都像我一样是走过去撞上的，完全凭运气。真正的高手，大多没来参赛。

二 初入新津谜界

1988年，我读初二的时候，再次遇上喻光明老师。他到学校来做灯谜讲座，就在窗明几净的绿瓦殿。喻老师风采依旧，他在台上讲得如诗如画，我在台下听得如痴如醉。那是我第一次听系统的灯谜课，灯谜艺术的内涵和外延，就在我面前缓缓展开，如同一幅优美的画卷。那些手法、那些机趣，那些背后的思维方式和脑洞大开的触类旁通，让我感觉太有魅力了。

这跟我的个性特征有关。我从来就不是一个"乖"孩子，打小就特别调皮，总是有很多奇思怪想，看问题总是横看侧看，喜欢多角度地去看，不按常理出牌，不走寻常路。所以在学校里、在职场上，我有时会显得有点"不合时宜"。那天在喻老师的灯谜课上，我却看到了一个非常合我脾气的艺术形式——灯谜。灯谜就是要求不按常理出牌，就是要别解，就是要逆向思维、发散思维，那不正合我胃口吗？我一下子有一种找到了知音的感觉。

那么多年过去了，当天的讲座上有两条谜，我到现在都还记得。一条谜是"老王家，两层楼，一共修了四扇窗"，猜一个字，谜底是噩耗的"噩"。非常形象的一则象形谜，我当时坐在台下，心里啧啧称赞："哎呀，是怎样的一种艺术形式，可以把数学的魅力和文字的魅力，如此完美地结合在一起啊！"恰好我在学校里最喜欢的科目也是语文和数学。还有一条谜，是喻老师拿出来让学生们试猜的，一条反扣的谜：谜底只能猜"南北"，打四字俗语。这个太合我胃口了，逆向思维嘛，我脱口而出："不是东西。"

这么多年过去了，我依然还能清晰地记得，30多年前，那窗明几净的绿瓦殿里的那一幕。当我脱口而出"不是东西"的时候，我已经走上了一条"不归路"——"谜"途不知返的那条路。灯谜之路，让我这么多年来习惯用不同的角度去审视问题，保持独立思考和批判性思维，我觉得这非常可贵，值得我坚持下去。

后来念高中，学业重了，就没什么时间玩灯谜了，最多就是逢年过节去街头参加一下灯谜展猜。我正式加入新津灯谜学会是在大学的时候。虽然当时我回新津的时间不多，但是时间相对宽裕，特别是寒暑假，时间相对多一些，跟老师们学习得也就更加系统一些，也认识了更多的人，学到了更多的灯谜技法、灯谜活动组织的方法等。

就是在那个时候，我认识了蔡元俊老师，他和喻光明老师可以说是新津灯谜的两根顶梁柱。喻光明老师对谜艺的孜孜追求、严谨的作风和精益求精的精神，使得新津灯谜在谜艺水平上维持了几十年的高水平；而蔡元俊老师，则是在谜会活动组织、执行安排和对外联络等一些具体事务上贡献十分突出。蔡老师个性鲜明、雷厉风行、疾恶如仇、行事果断，不管多么纷繁复杂的事情，在他手里总是井井有条。他比较外向，做事风风火火的；而喻老师则相对内向一点，比较温文尔雅。他们两个相互配合、相得益彰，缺一不可。直到今天，喻老师依然是新津灯谜谜艺水平上的支柱。虽然有很多年轻一代慢慢地顶了上来，但喻老师的支柱作用依然屹立不倒。而蔡老师过世后，基本上是由我慢慢接过了蔡老师的衣钵，把灯谜学会的运作、活动的组织、对外的联络、对上的争取等工作接了过来。在这方面，蔡老师是我的授业恩师，手把手地教会了我很多。

三 四川省第九届职工灯谜会猜

1996年夏天，我大学毕业回到新津，选择到新津县华润学校工作。从那个时候起，我就经常参加灯谜学会的活动。印象最深的是1997年庆祝香港回归四川省第九届职工灯

谜会猜在新津举办。我当时像个小跟班一样，跟着蔡元俊老师跑前跑后、忙上忙下。通过这次学习，我对于灯谜活动的流程安排、赛事接待、外部联络、内部管理等方方面面都比较熟悉了。筹办和组织一场大型比赛，还真的是千头万绪、难度不小，其中最难的就是资金运作。当时的主要赞助方有乡镇企业新蓉新泡菜、华润学校、五津镇政府，还有蜀津楼酒店。我陪着蔡老师跑了很多趟，说了很多话。他总是耐心地跟我说："想做成事就是这样的，你就得耐着性子，还要学会整合资源。"我非常佩服他，他那么大年纪了，还能保持那么高的热情和工作效率。近些年来，新津灯谜学会搞的大型活动基本上还是沿用这个模式进行资金运作。

承办四川省第九届职工灯谜会猜，在当时我以为是新津灯谜活动的巅峰，没想到竟成了当时整个四川省灯谜活动的巅峰。自1997年之后，新津灯谜事业进入了一个长达十年的低潮期。这十年间，省上和市上都没有再举办过类似的灯谜比赛，几乎整个四川省的灯谜活动都停止了。但新津的灯谜活动还在继续坚持，只是活动的方式和形式有了很大的变化。以前以比赛为主，地方政府和文化部门都把拿奖作为工作重点，灯谜学会也把大量精力都花在了比赛上；当省、市灯谜比赛停止以后，新津灯谜活动就转向了群众文化活动方面，进行了大量的街头展猜和学校灯谜推广活动。

从整个西部经济社会发展的角度来看，这十年确实也是改革开放以来快速发展的时期。不管是地方政府，还是各级文化部门，包括灯谜爱好者本人，大家的精力都主要用在了经济建设方面。新津灯谜在这十年的低潮期，坚持继续开展灯谜活动，坚持与全国各地保持联络和参加各种灯谜活动，几乎是以一己之力扛起了四川乃至西部灯谜的旗帜。其中的原因有两个：一来是因为新津灯谜的群众基础很好，灯谜活动很受欢迎，政府和各级部门就愿意投入经费和精力来开展灯谜活动；二来是因为新津灯谜有人才基础，有蔡元俊、喻光明等中坚力量的长期不懈的坚持。

这十年为新津灯谜打下了坚实的基础。对内，新津灯谜培养了一批骨干力量；对外，新津灯谜保持了在全国灯谜界的舆论热度和交流频次。1998年，我们应邀去重庆，与重庆的好几个灯谜组织进行了联谊活动。此外，也有省内外和海内外的一些谜人来到新津进行交流活动。这些活动都为我们之后进一步举办更大型的活动打下了很好的基础。

四　老会长的指引

年轻限制了我的想象力——我从没想过要当会长，而且是在还不满30岁的年纪。2000年11月，新津灯谜学会换届，蔡元俊老师年事已高，他准备退下来，要找人接班了。我没有想到他会推荐我当会长，而我当时还不满30岁，实在是太年轻了。当时灯谜学会有一大批骨干，像李志坚、龚贵明、方茂良，他们40来岁正是年富力强的时候，经验阅历和资历都比我强很多，谜艺水平也比我高，省市冠军等各种奖项拿到手软，李志坚还参加过国手赛，我在他们面前简直就是小学生。当时我内心很拒绝，蔡老师就专门找我语重心长地谈了几次话。那几次的围炉夜话对我影响很大，不仅让我答应当了会长，而且对我未来如何去当这个会长，包括我个人的处世风格等都有很大的影响。

蔡老师说，当会长不一定要灯谜水平最高，只要不太低就可以。他很形象地说，当会长最重要的是"要眼睛大、肚皮大、脸皮厚，还要大手大脚"。这听上去像过年耍灯的笑头和尚。蔡老师在卖关子的时候，总是似笑非笑的，眼睛里闪着光。他继续说："所谓'眼睛大'，就是要看得远、看得准，换句话说就是要目标感强，不要东一下西一下的。所谓'肚皮大'，就是要能容得下人、容得下事，容得下世间的种种不平。大肚能容，有容乃大。所谓'脸皮厚'，就是要能忍辱负重，放得下身段，抛得开面子。有一种勇敢，是为了目标能够英勇地死去；还有一种勇敢，却是为了目标能够屈辱地活下去。脸皮太薄，太矜持、太自尊，恐怕就太娇气，经不了什么风雨。所谓'大手大脚'，就是要有行动力，既能够做具体的琐事儿，又能够立得住、站得稳、走得实。"

我被他唬得一愣一愣的，说你说的这些个特征，我好像都不具备啊。客观地说，我除了脸皮比别人"厚"一点之外，其他的优势好像并不突出。他摇摇头说："你要相信我，我眼光很毒的。"他又拍拍我的肩说，"你别怕，还有我呢，还有喻老师，还有那么多40来岁的骨干，他们工作单位的任务很重，也不适合当会长，我们大家都会帮你的。"我最终还是答应了当会长。我现在都还记得换届时进行了就职演说，其他内容都不记得了，只记得有一点，我当时说现在大环境不太好，省市灯谜协会都解散了，不再搞活动了，我们要眼光向内，多练内功，做好我们自己的事。

事实上，蔡元俊老师兑现了他的承诺——此后的几年，他非常支持我的工作。那时候我在单位刚当了个小领导，一天到晚忙，其实灯谜学会内部的事情更多的还是蔡老师在张罗。他真的是为新津灯谜事业奋斗到最后一刻，直到2005年，他得了癌症。

我现在都记得，我们几个一起去医院看他的时候，他看到我的第一句话就是一条谜："俊峰，这盘我真的挨（癌）了。"然后他把我拉到他身边，让我坐在床沿上，仔细地给我讲解什么叫"介入疗法"。他像个小学生，对新鲜事物充满了强烈的好奇心，为自己能更多地了解这个世界而感到高兴。他声音低沉，时不时咳一下，身体也比较佝偻，但他的眼睛还是散发出光芒。我难以相信这是一个身患绝症的人。他还是那么乐观开朗，甚至对我们说："等我走了之后，你们不要带什么东西来看我，就带几条灯谜来烧给我，让我在那边也有灯谜猜。"

后来，他真的走了。再后来，每当我遇到一些难题，遇到一些新问题、老问题，有时候一筹莫展，觉得束手无策的时候，我总是会问自己："如果是蔡元俊老师，他会怎么做？"而在这个时候，他那爽朗的笑、闪着光芒的眼睛，就会再次浮现在我眼前。每当这个时候，我就再次真切地感受到，什么叫"音容宛在"，什么叫"永远活在心中"。他像我心中的一座灯塔，指引着我前进的方向。

五　给点阳光就灿烂

几十年如一日的长期坚持，让灯谜活动在新津扎下了根，有了很好的群众基础，也有了一支能征善战的灯谜队伍。1997年—2007年，新津灯谜没有参加大型的比赛，也没有举办大型活动。不是因为没有实力，而是因为没有机会。在此期间，我们做了大量艰苦细致的基础工作，让新津灯谜的整体实力持续提高——不管是谜艺水平，还是办会办赛能力，都有所增强。1995年，新津五津镇"灯谜文化之乡"授牌；2006年，"灯谜（新津灯谜）"被列入成都市首批非物质文化遗产名录。这些都是很好的证明：新津灯谜界，是有能力做点事的，只是缺少一些机会而已，只要给一点阳光，就会灿烂。2008年，机会来了。

当时我正好调任新津县文化旅游发展管理委员会当主任。在筹划梨花节活动的时候，县上要求梨花节的活动不能只着眼于四川，要扩大到全国，甚至产生国际影响。而新津的本地文化品牌，大概也只有龙舟和灯谜能够在全国乃至国际上有一定影响力了。所以，筹办水城新津国际灯谜邀请赛，就顺理成章了。

筹办首届水城新津国际灯谜邀请赛的时候，我们心里还是很忐忑的。一来怕我们想请的那些知名谜家不来。那些都是如雷贯耳的人物，在全国乃至国际都有名，要是他们嫌我们地方偏远、名气太小，不来的话可就尴尬了。二来怕我们办不好这么大型的赛事。要是请的客人来了，结果我们办得不够出彩、不够到位、不够圆满，给人留不下深刻的印象，那就太尴尬了。所以那段时间，我们还真的是花了很多的精力和时间，在整个活动的赛制安排、创新环节、灯谜创作等方面下了不少功夫。

令人欣慰的是，全国谜友包括那些知名谜家们都来了。除了个别因为档期或是身体原因不能成行的，我们邀请的谜友，绝大多数都爽快地答应并如约而至。这些实际行动给新津这座西部小县城里的一班灯谜坚持者们带来了巨大鼓舞。而我们在赛事活动当中所表现出来的办会办赛的能力，也得到了大家的一致好评。我们创造性地推出"个人PK赛"（个人竞赛）的模式，让比赛充满了悬念，更加紧张刺激和好看，这个模式到今天依然还在沿用。我们在中华灯谜新津论坛上设计的辩论赛环节，是全国首次在灯谜竞赛中引入辩论赛形式，让人耳目一新。全国四大传统谜刊在新津联合发布《新津宣言》，也是当时的一大热点。

通过连续四届水城新津国际灯谜邀请赛，我们把全国乃至国际知名的谜友们几乎都请了个遍：前后三任中华灯谜学术委员会主任——郑百川、闻春桂、郑育斌；中华谜坛上的谜家们，如郭少敏、王少鹏、章镳、陈见生等；著名"打虎"巾帼女将黄冬妮、庄云、段夏青等；还有来自中国台湾、香港地区，以及新加坡、马来西亚等地的谜友们。如花的季节、鲜美的河鱼，新津灯谜特有的四川味道，都给全球谜友们留下了深刻的印象。

可以说，水城新津国际灯谜邀请赛的连续举办，是新津灯谜活动的一个里程碑，标志着我们从此走向全国灯谜活动的最前沿，与最高规格、最大规模、最高水平的赛事接轨，与来自全球的高水平谜友们交流和学习，让新津灯谜的谜艺水平以及办会办赛水平得到了一个质的提升。新津组织的谜会也从此跻身全国最佳谜会之列。水城新津灯谜国际邀请赛连续两年被中华灯谜学术委员会评为当年的十佳谜会。2010年9月，全国大中城市社科联第21次工作会在吉林省延边朝鲜族自治州州府延吉市召开。新津灯谜学会荣获大会主席团颁发的"先进社会科学团体"荣誉奖牌，是此次会议上唯一参加并且获奖的灯谜团体，此事也入选2010年中华谜坛十件大事。

六　亮相央视与晋江之行

2015年年底，中央电视台《中国谜语大会》第二季即将开始的时候，在郑育斌主任的推荐下，节目导演组找到我，邀请新津中学组队参加这个节目。

新津灯谜学会在新津中学进行灯谜进校园活动已经很多年了，学校非常重视参加央视《中国谜语大会》的事情。我们在学校进行了多轮选拔，选出了一批候选人，然后由节目组导演到现场来面试，最终选定了李静、田锐、黄山桓三位同学组成了新津中学代表队。中央电视台还专门派了三人摄制组提前来到新津，为这三位同学每个人拍了一个30秒的自我介绍短视频，以供在比赛现场的时候用。新津灯谜学会负责对学生们进行灯谜培训，希望他们能够到北京取得好名次。我心里清楚，这次入选的全国八所学校肯定都是高手，我们想要得奖难度太大，更多的还是去学习和观摩。我作为指导老师，也跟着一起参与了节目录制。我完全没有想到，我居然也上央视了。

根据比赛环节设置，在必答阶段，学生如果答不上来，可以有一次机会求助现场指导老师。节目是现场直播，要求非常严格，各参赛队的指导老师有专门的席位，就在评委席的旁边。每个指导老师发一个白板和笔，当学生求助的时候，就把答案写在白板上，然后亮出来。让我意外的是，我是第一个亮白板的。新津中学的几个学生很少参加类似的比赛，他们太紧张了，在回答第一道必答题时，就选择了求助。我都还记得那道题："东欧没有西欧有，打一个谦称。"这是一个简单的拆字手法的谜："欧"字的东边没有了，是一个

"区","欧"字的西边有了,也是一个"区",合起来就是谦称"区区在下"中的"区区"。著名的央视主持人周涛都感到比较诧异:第一题他们就求助了。周涛还特意往前走了两步,说:"来,我们看一下指导老师的答案是什么?"我已经尽量把字写得大一点了,但无奈那个白板比较小,我就把它举过头顶。周涛往前走了两步,探身看了一下,镜头也随着摇了过来。后来据其他同学讲,他们看了央视节目,我出现在了镜头中,但灯光没有同步打过来,脸有点黑黑的,时间也只有短短一秒钟。但不管怎么说,我也是上过央视的人了。

最后,新津中学的学生们还是没能赢过广东、福建等沿海省份的高手们,只得到了优胜奖。但这对新津灯谜来讲有重大意义,对新津中学也是非常加分的活动,它在许多学生的心中埋下了灯谜的种子。只是学生们平时参加比赛少,经验不足,发挥不稳定,以后多参加几次就会好一些。

2016年4月,第三届中华灯谜文化节在福建晋江举办。文化节设置了中小学生组比赛,新津中学队也被邀请参赛。这是我第一次带队去东部沿海发达地区参加全国性的大型灯谜比赛活动。晋江之行,有很多让我开眼的地方,吃惊的地方也很多,可以说让我足足吃了三"斤"(惊)。

一惊是比赛规格之高、规模之大。参赛的总人数超过300人,分为精英组、巾帼组、常青组、学生组等多个组别;还分有个人赛、团体赛、创作赛等,好几场比赛,足足三天才比完,有的时候晚上都还在比赛。参加活动的谜友们也是来自全球各地,参与范围之广、人员之多,比我们四届水城新津国际灯谜邀请赛的参加人数的总和还多。除了灯谜比赛,文化节还安排了很多其他的活动。整个文化节安排得周密细致、紧张有序。

二惊是晋江学生的灯谜水平之高让人咋舌。当时活动安排了全球灯谜大联展,各个地方都要带一些谜题过去,在一条街的夜市上进行灯谜展猜,参与的有上百家的灯谜协会,每个协会出100条谜,共有上万条灯谜。当时我们也在街上挂谜,发现来猜谜的大部分都是中小学生,他们的水平都相当之高。以前我觉得新津灯谜的群众基础就已经很好了,每次街头展猜的猜中率都在70%以上,没想到晋江的更高,那些学生的猜谜水平一看就不是刚刚学的,真让人惊叹。

三惊是晋江中考语文有一道灯谜题。晋江当地的谜友告诉我,晋江每年中考时,语文试卷里边都有一道灯谜题。这个就很厉害了,这是从教育的角度去要求每个学生都要学灯谜——不是那种业余爱好的学法,而是必须要拿中考这三分的学法。这就算是降维打击了。虽然只有三分,但这三分是绝对不能丢的。这也就意味着每个语文老师都要会灯谜,都要会教灯谜;每个晋江的学生都要系统地学习灯谜,还要大量地练习灯谜。这已经是每位学生和每个学校的任务了。所以,每个学校都会以班或年级为单位组织灯谜比赛。晋江的灯谜氛围比新津好了不知多少倍。

晋江经济很发达，当年在全国百强县中排名第五。晋江之行确实让我开了眼，切身感受到东部沿海发达地区跟内陆西部地区的差距确实不是一点半点，不仅仅在经济方面，也体现在文化方面和社会生活的方方面面。但同时，晋江之行也让我信心倍增。尽管面对的是强劲的竞争对手，新津中学还是拿到了高中组铜奖，黄山桓同学也获得了个人二等奖。随着成都经济的不断发展，西部地区的人们对文化的需求会越来越多，灯谜未来的日子也必然会越来越好，晋江的今天就是我们的明天。

七 四川谜友动起来

大约也就是从首届水城新津国际灯谜邀请赛开始，四川谜友们也开始慢慢地活跃起来了。乐山市灯谜协会会长邰晋参加了水城新津国际灯谜邀请赛后，十分感慨。乐山灯谜也沉寂了十年，受到新津灯谜的感召，他们重新注册了协会，开始恢复了灯谜活动。水城新津国际灯谜邀请赛时，来自眉山、宜宾、自贡、泸州、南充等四川各地的谜友们都被邀请来了。回去之后，他们也都纷纷活跃起来，四川各地的灯谜活动也开始慢慢组织起来了。

在此基础上，邰晋提议成立一个四川谜友联谊会，在四川省没有举办省级灯谜活动的情况下，我们以民间谜友联谊的名义，可以做一些灯谜学术研讨和谜友交流联谊，包括一些小型比赛活动。新津灯谜学会对此表示支持。四川谜友联谊会成立以后，组织了多次交流联谊活动，还举办了三次比赛，三次都是由我担任主持人。

第一届四川谜友联谊赛在乐山举办。那一届给我留下深刻印象的是自贡谜友王德海老师。他腿脚不便，只能拄拐慢慢走。但这位仁兄笔耕不辍，出版了几十本谜书，算是四川谜友里著作等身的一位高人。当时他作为评委被邀请参加联谊赛，我也是作为主持人和评委应邀参加。比赛间隙，我们约好一起去看乐山大佛。因为不熟悉地形，走错了方向，我们打车到了路程更远的一个入口，在山脚下，前面是长长的石梯。当时没有重新打车去另一个入口，是因为我问了一位乐山老乡，大佛还有多远？他用乐山话说："一哈哈儿（方言，一会儿）"。于是我跟王老师说："没关系，一哈哈儿路程，我背你吧。"我自恃长期坚持运动，身体还算健康，王老师也比较瘦，于是我背他踏上了石梯。没有想到的是，乐山老乡的"一哈哈儿"把我累成了哈巴狗。爬了一身的汗，累得不行了，停下来休息，看着旁边奔腾的江水，几乎还听得到不远处大佛脚下的人声鼎沸。我又问身边的乐山老乡，离大佛还有多远？他张口就是乐山话"一哈哈儿"。我就没自信了，不知道到底还有多远。王老师坚持不让我再背了。我说："百米之内，必有大佛。"他说："就在这里，也很不错。"于是，我丢下他，一个人去看了大佛。结果最后这"一哈哈儿"，还真是上坡下坎，

如果背了他，我恐怕还真走不下来。此行就此留下了遗憾：王老师没有看到大佛，只听到了大佛；而我，看到了大佛，却听不懂乐山话。

第二届四川谜友联谊赛在新津举办。正值柚子花盛开的季节，我去张大公馆拉赞助。那里有一个百年柚园，也是一个大型农家乐。我去找到他们老板，老板说："我可没有现金来赞助，最多请你们吃顿饭。张大公馆里的柚子花开了，但柚子还没有成熟，也没有什么东西可以提供作为奖品。"我说："有啊，你有回锅肉呀、花生米啊。"他一愣，这也可以作奖品？我继续循循善诱："当然可以。你看，猜中一条谜奖盘花生米、奖份回锅肉，但奖的是代金券，不能现场吃，他得后面来店里消费。那来的时候肯定要约上朋友来分享奖品呀，总不能只吃一盘花生米吧，还得来点其他菜吧，这不就带来更多消费了吗？"老板一听，嗯，有道理。于是，那一届谜会最大的特色，就是在柚子花飘香的百年柚园里猜谜，奖品全是农家乐的食品——最小的奖品是花生米一碟，最大的奖品是双人火锅套餐一份。来看柚子花的游人笑嘻了，赏了花还猜了谜，得了奖品还可以就地消费。不过外地来的谜友就不太满意了，因为我们本来就要请他们吃饭，他们得的奖品也就没有办法消费，后来就都纷纷送给了新津谜友，也算肥水没流外人田。

第三届四川谜友联谊会是由成都少城商灯协会承办，在成都市青羊区少城街道四道街社区举办。那一届有完整的笔试和电控抢猜，比赛在宾馆里边进行，由社区提供了一些赞助，赛事也组织得最规范。那一届印象最深的是朱康福老师制作了纪念册，虽然篇幅不大，却有精美的设计和装帧，看起来很有美感。我看了之后深有感触，觉得此前新津编的几本纪念册都太粗陋。这本册子直接导致新津后来的几本谜刊都在设计制作方面做了很大的改进。

四川谜友联谊会成立后，四川南部包括宜宾、自贡、泸州等地的谜友们也联合起来，举行了几次川南谜友联谊会，促进交流、切磋谜艺，让整个四川的灯谜活动越发活跃起来了。

八　从新津区社区灯谜大赛到成渝灯谜邀请赛

近年来，全国灯谜界有一种现象，就是灯谜越来越专业、越来越难。特别是在专业的灯谜选手比赛当中，谜题表现得越来越偏、越来越难，"造面""造底""造目"成为常态，灯谜创作更是要翻遍古书，多用成句、多见谜格。我觉得这是无可非议的，任何艺术形式都会有专业化的要求，灯谜专业选手都是准职业的灯谜高手了，当然应该比普通灯谜爱好者要求得更高更严格。

但与此同时，灯谜事业的生命力源自群众基础，所以普及工作也非常重要。我希望新津灯谜的路越来越宽，喜欢灯谜的人越来越多，灯谜活动越来越热闹，而不是越来越艰深，越来越小众,越来越曲高和寡。所以,新津灯谜学会在全国首创组织了新津区社区灯谜大赛。

我的朋友杨黎的经历跟我相似,他以前也在《新津报》当过总编,后来去乡镇工作,再到新津县文化体育和旅游局(简称文体局)、中共新津区委城乡社区发展治理委员会(简称社治委)等单位任职。他在文体局任职时,我们曾经讨论过关于灯谜的普及问题。他说,新津这么好的灯谜群众基础,完全可以搞一个群众性的灯谜比赛。后来他又调任社治委,于是我们结合社区治理和文化传承,策划了首届新津区社区灯谜大赛。大赛以村社区为单位,组织村民和社区居民来参加灯谜比赛。因为新津灯谜群众基础好,加上有政府的支持,所以活动进行得很顺利、很热闹,效果比较好。后来成都谜友朱康福写的论文《灯谜活动助力社区文化建设路径探究——以新津区社区灯谜大赛为例》,在 2022 年获得首届成渝灯谜邀请赛全国征文比赛十佳论文奖,并在 2023 年广东饶平举办的第八届中华灯谜文化节上,荣获中华灯谜"金虎奖"2022 年度最佳谜文奖,是全国唯一获此殊荣的论文。

新津区委、区政府也很重视社区灯谜大赛的创新性做法,并进行了推广。2022 年,在新津区委宣传部组织的文艺座谈会上,有领导提出要加强成渝地区双城经济圈文化交流合作,问我能不能组织成渝两地的灯谜活动。于是我们开始筹划成渝灯谜邀请赛。我跟重庆谜友们联系,他们都非常高兴,说重庆在成为直辖市之后,有 20 多年没有举办过类似的活动了,他们非常支持。四川省内其他地区的谜友们也很支持。中华灯谜学术委员会也很关心,郑育斌主任还答应要到现场指导。后来受客观因素的影响,郑育斌主任和重庆的谜友们没有能来到现场,而是通过网络比赛的方式完成了整个赛事。

2023 年举办的第二届成渝灯谜邀请赛就比较圆满了,郑育斌主任来到现场指导,重庆市也有四支代表队参加了现场的比赛。特别是西南政法大学代表队还带了来自越南和老挝的两位留学生来参赛,让我们的成渝灯谜邀请赛增加了点国际味儿。

九 从抖音说灯谜到《解谜文化小故事》

我在抖音上发短视频,正是源于首届新津区社区灯谜大赛。当时,新津区委宣传部牵头开协调会,安排比赛的活动。讨论到活动宣传的时候,宣传部的同志说,现在短视频的宣传效果特别好,建议我们通过抖音等短视频进行宣传。其实在媒体宣传方面,新津灯谜学会一直都在探索。20 世纪 90 年代,喻光明老师就在新津电视台开设了专栏节目《乐在谜中》,讲授灯谜知识,进行有奖竞猜,在当时非常火爆。后来,随着时代的发展、网络的普及,新津灯谜学会先后在《今日新津》上开设了有奖竞猜专栏,在新浪博客上开通了新津灯谜学会博客,谜友龚贵明和我也开通了新浪博客,都拥有大量的粉丝。

新津区委宣传部的领导也很清楚新津灯谜学会长期进行的多媒体宣传推广。当时一位

熟悉情况的领导就提议说："解会长你不如自己注册一个抖音号来宣传呀！"我一想这事好像也不怎么难，于是就尝试着在抖音上发短视频。

我同时注册了抖音号、快手号、小红书和微信视频号，名字都叫"新津灯谜解俊峰"。刚开始做的是"每天一分钟，猜谜很轻松"的教人猜灯谜的短视频，每天就用一分钟的时间来讲解一条灯谜。我当时才三岁的女儿解明夕配合我，每期一开始就问："爸爸、爸爸，这条灯谜怎么猜呀？"我就拿着上一期的谜条来讲解怎么猜，说完再展示下一期的谜条。我们在新津有代表性的场景，包括天府农博园、乡间小路、梨花溪等地方拍摄，拍了一个月，共30期。后来有朋友觉得这个内容有点单一，建议我加入一些有关传统文化的内容。我于是将视频改版成了知识分享型短视频，每期五分钟左右，讲述我对于传统文化中某个点的思考，结束的时候再出条灯谜给大家猜。这一类的短视频我做了174期，每周发布两期左右，时间跨度近两年，直到第二届成渝灯谜邀请赛开始筹办，我工作比较忙后才不得不停更。我的抖音号全网累计有千万阅读量，拥有近十万粉丝。

有粉丝建议我把这些视频的内容整理一下，我就精选了部分编成了一本内部交流读物，取名叫《解谜文化小故事》。因为我本人姓解，在灯谜里别解一下，"解谜"这个词就有了多重含义：一个是姓"解"的人玩的灯谜，另一个是对传统文化的"解谜"式小思考。全书有160个小故事，每一篇小故事都包含了我在某个文化观点上的个人浅见，结尾会配合一个相应的灯谜。这本内部交流读物于2023年印了出来，全国谜友都送了一些，大家觉得算是传承非遗文化的一种新方式，还是有意义的。

✚ 从"谜上大运"到"灯谜盲盒越千年"

近十来年，新津灯谜一直坚持在两个方向上进行努力：一是普及，二是创新。这两个方向在实践中的运用，就催生了我们的两个特色灯谜产品：一个是新津区社区灯谜大赛，另一个就是"灯谜盲盒越千年"活动。

灯谜盲盒的创意源自成都第31届世界大学生夏季运动会（简称成都大运会）。2023年4月，成都市文联主席杨晓阳到新津调研，看望基层文艺工作者们。在新津灯谜文艺创作基地，我们带他参观了新津灯谜百年历史图片展。喻光明老师现场写了五条灯谜给他欣赏，其中有一条源自红楼梦《葬花吟》的句子"落絮轻沾扑绣帘"，猜新津景点。杨主席脱口答道："花舞人间。"杨主席是作家出身，文化底蕴深厚，猜中一些灯谜当然不在话下。当天我们相谈甚欢。他觉得新津灯谜的这些基层文艺工作者虽然工作条件艰苦，但取得的成绩斐然，很不容易。后来他跟新津区委宣传部部长叶哲彦提到这个事情。当时叶部长得知正在筹办的成都大运会将举行一些灯展活动，于是建议新津灯谜与之相结合，到大运会上去展示新津的地方传统文化传承和非遗魅力。

我们立刻就跟成都大运会执委会联系。他们表示，在成都桂溪公园里将会有一个与成都大运会同时期开展的文化交流活动，其中有一个板块就是"中国文化展示"，本来就在考虑展示成都部分非遗项目，我们去得刚刚好，他们可以给我们一个展厅。这可是一个前所未有的好机会，我们可以在全世界人民面前去展示新津本土的非遗文化。新津区委宣传部也非常重视，开了很多次会，要求我们不仅要把灯谜展示出去，还要考虑用什么方式展示最好、最有效果。

我的想法是，传统的将灯谜挂在灯笼上展猜的方式已经不太适应时代发展的需要了，如今的观众需要更具互动感、沉浸式、体验感的东西，所以我想推出一个新的玩法叫"灯谜盲盒"：你在猜谜之前，不知道要猜的是什么谜，你得在现场报名参加，然后用抽签的方式打开要猜的谜条，以此增加活动的偶然性和戏剧性，增强参与者的沉浸式和互动感。为此我们谋划了很久，结果后来因为场地安全问题，现场活动被取消了，但"灯谜盲盒"这个创意已经基本成形。

后来新津区委宣传部认为虽然现场活动被取消，但可以把活动搬到线上去，要求我们做网络视频宣传活动，标题就叫《谜上大运》。视频拍摄和宣传推广由成都传媒集团负责，我们就负责"谜"。这个命题作文相当有难度：必须在三分钟左右的视频篇幅内用灯谜的形式，既要展示新津丰富的文化旅游资源和文化内涵，还要跟大运会有关联。我们开了很多次会，搞了很多次头脑风暴，最后导演组采纳了我的一组灯谜：

"宝墩走向新时代，瑶池王母自培栽，光明金乌迎眼开。

弄潮儿向涛头立，你却总往巅峰迈，锦官城里待君来。"

视频拍出来后，效果还不错，但是大家有点担心这里面的灯谜会难住不少人，观众们不一定猜得出来。于是我又自己拍了若干期《解谜》，又让我的女儿来问："爸爸、爸爸，这条灯谜怎么猜呀？"然后我再跟观众逐一解读每条灯谜。我们专门去买了汉服，在相应的景点进行了拍摄。系列视频由红星新闻网牵头，整合成都方志、成都新津等几家官方抖音号，在大运会开始前一周同时发布，每天一期主视频、一期我拍的《解谜》，其中《解谜》持续到大运会结束，全网累计有上千万的阅读量。

"谜上大运"活动结束了，也还算成功，但我心中基本成形的"灯谜盲盒"活动还没有着落。于是我跑去天府农博园，跟他们谈合作。中华农耕文明馆馆长任贺先生建议我们做一个单独的展厅，采用参观和研学的形式，以灯谜文化与农耕文明相结合为主题，甚至可以单独售票。这可是个产业化发展的方向啊，我特别来劲，立刻组织新津灯谜学会所有人员进行头脑风暴，想办法完成这又一道困难的命题作文。我还专门请教了远在浙江温州

的中华灯谜艺术馆馆长郭少敏。郭老师把他那里所有的资料都和盘托出。正是在他的指点下，我形成了一个思路：灯谜的玩法在不同的历史时期有不同的形态，不同的灯谜玩法不仅直接体现了当时的汉字发展状况，也间接体现了当时的农耕文明发展水平。于是我策划了沉浸式中华灯谜闯关游戏——"灯谜盲盒越千年"。该游戏分为六关：

（1）"说文解字"：对汉字的简单拆解，源自殷商时期；

（2）"歌谣谜语"：民间兴起歌谣咏物，源自春秋时期；

（3）"分曹射覆"：文人行酒令的方式，源自西汉时期；

（4）"灯谜悬猜"：写在灯笼上的谜语，源自北宋时期；

（5）"花色灯谜"：不用文字也能猜谜，源自北宋时期；

（6）"联想谜题"：信息提示联想猜射，当代新式玩法。

灯谜的逐步演进过程，为农耕文明和中国文化的演进提供了活态见证。新津的宝墩遗址是中国长江上游地区时代最早、面积最大的史前城址，是成都平原上人类第一次大规模定居生活的地点，也是成都平原稻作文明的发源地。在农耕文明的演进历程中，人们一边劳作，一边游戏，灯谜在这中间诞生、发展。不同时期的灯谜形态，展示了不同的文化内涵；六种层层递进的灯谜游戏方式，体现了六种不同时期的文明发展态势。"灯谜盲盒越千年"这个涉及六种形态的灯谜闯关游戏，不仅是智力的体操、文化的体验，也是让参与者用沉浸式闯关的方式，用眼睛、大脑和身体，切身体验古蜀文化的历史深度，品味新津这座城市富含的古蜀文明底蕴和城市文脉，感受古蜀文化的无穷魅力。

在天府农博园G4馆的中华农耕文明馆序厅，一个近400平方米的独立展厅里，我们用了灯笼、书法、稻谷、长缦等元素，布置了充满书香和稻香的简朴展厅，展示"灯谜盲盒越千年"活动。该展厅于2023年9月23日正式开放。这一天，正是第二届成渝灯谜邀请赛的决赛日。当天上午比赛完后，下午所有参赛人员和嘉宾评委都来观摩这个活动。成都市文联主席杨晓阳、新津区委宣传部部长叶哲彦、中华灯谜学术委员会主任郑育斌现场试玩了一把"灯谜盲盒越千年"，并对活动给予了充分的肯定。郑育斌主任说，这是全国首创，是灯谜产业化的有益尝试，他对新津灯谜人在灯谜事业的传承发展方面的创新和努力表示赞赏。

2022年，我被认定为成都市非物质文化遗产"灯谜（新津灯谜）"的新津区代表性传承人；2023年，经成都青羊区少城商灯协会申报，"成都灯谜"被列入成都市青羊区第十批非物质文化代表性项目名录。这是我们的新起点。灯谜艺术，古老而现代、历久而弥新，承载着中华文化的深厚底蕴，展现了现代文明的全新面貌，在新的时代也将有更大的作为。愿我们携手同心，把灯谜事业发扬光大。

（原文刊载在《中华谜艺》第78期，有删改）

| 作者简介 |

解俊峰，四川新津人，曾任新津灯谜学会会长、中华灯谜学术委员会常委，成都市非物质文化遗产"灯谜（新津灯谜）"新津区代表性传承人。

新津灯谜赋

◎周明生

泱泱中华，孕育灯谜雅艺；流芳万古，华人世界奇葩。山生岚，龙施云，谜身隐，谜象昏。朦胧神秘，灯谜秉性；扑朔迷离，有迹可循；草蛇灰线，射虎有门。制谜人涉笔成趣，幻思奇想、含义深蕴；猜射者意象别解，豁然开朗、毕肖形神。谜虽小道，然纳须弥于芥子，是以增知长智，养德怡情，灯谜之所长也。

江山更迭易君侯，灯谜薪火传千秋。黄帝时代夏商周，隐喻曲折民谣留。先秦隐语廋辞在，传事达理巧思求。东汉蔡邕，绝妙好辞创曹娥格式；南朝鲍照，并龟土诗开字谜先河；隋朝侯白，枯槐自活启别解；盛唐武瞾，审察青鹅除反谋。元夜兴观灯，宋代民俗，商谜乐奏良消夜；花灯书谜语，雅士草民，猜射观灯尽逍遥。明清谜风盛，谜事火样红，谜家谜社蜂拥，谜集谜著颇丰。《红楼梦》里，曹雪芹假怀古绝句，隐文虎谜意；《镜花缘》中，李汝珍凭才女之口，论灯谜珠玑。五星红旗启神州煌煌盛世，中华灯谜谱时代烨烨新篇。华夏谜苑，群芳争艳人才辈出称鼎盛；西部谜坛，流光溢彩后继不乏展雄姿。

千年古渡，五水汇流，水陆大码头；百代灯谜，数辈谜人，新津竞风流。光绪年间闹花灯，家家红灯临门；罗二举人童翰林，灯笼谜语勾人。民国之初过大年，驻军刘部结谜缘，军

民好猜射，重奖一年年。新中国初期文化馆，猜谜节假日；趋之若鹜多渴求，盛况喜空前。新老谜人，痴心不改，庆典假日年节，结社摆擂展猜。谜家传帮带，谜事上报台，谜集两册自创，新苗早培栽。露头角"三苏"谜会，赢大奖所向披靡；发倡议呼朋引伴，始登台四川谜协。省赛六届，无人能盖，个人全能第一，夺金黑马神奇。叹辉煌蝉联三届，冠军非我莫属，屡战不败。更光彩谜会八届，团体个人全能，金牌悉数入囊来。一时间，巴山蜀水称雄，谁能败？中华谜报，省市媒界，更有央视推波，争相抬爱。乘胜办谜赛，巴蜀第九届，五津浪涌，张灯结彩，四方谜友尽开怀。五津镇誉市级灯谜之乡，谜人喝彩；新津灯谜入成都非遗项目，风流品牌。童岑喻蔡，龚李方解，本土谜坛将帅，允称雄才。

国际灯谜邀请赛，新津东道，一届又一届。梨花飞雪云天外，新津灯谜醉入杯。最是花舞人间美，遍山杜鹃娇媚。倚红偎翠，岭上海棠山舍；古色古香，喜迎灯谜学会。灯谜艺术馆，就此升堂入驻，甚欣慰！料得谜苑花似海，竞芳菲！

|作者简介|

周明生，四川新津人，曾任新津县文化局副局长，现为中国报告文学学会会员、四川省戏剧家协会会员、成都市文学艺术界联合会委员、成都市作家协会理事。

附录三 新津灯谜·百年百谜

新津灯谜，百年传承，谜人数代，佳作无数。本志书从20世纪30年代到现在的近20位新津谜人的谜作中，精选100条谜作，供大家一览新津灯谜风采。

1. 芙蓉向脸两边开（五唐）花花自相对 / 作者：何云从

2. 红烛烧残烬有余（五唐）丹心已作灰 / 作者：何云从

3. 眉容少敛（五唐）山色有无中 / 作者：何云从

4. 升天入地求之遍（五唐）循环不可寻 / 作者：何云从

5. 雾卷池中菡萏（用物）烟荷包 / 作者：何云从

6. 移干柴于烈火（苏洵《辩奸论》一句）必然而无疑者 / 作者：童汝锷

7. 渔歌声声起，何人启朱唇（苏轼《虞美人·有美堂赠述古》一句）水调谁家唱 / 作者：童汝锷

8. 润物细无声（苏洵《辩奸论》一句）惟天下之静者 / 作者：童汝锷

9. 一回一回又一回（3字称谓）老两口 / 作者：童汝锷

10. 重阳随想（李之仪《卜算子·我住长江头》一句，7字）日日思君不见君 / 作者：童汝锷

11. 六一下加四，去八进一十（11笔字）章 / 作者：童汝锷

12. 人生自古谁无死（文学词2+2）文笔、绝句 / 作者：蔡元俊

13. 望长城内外，唯余莽莽（纺织品冠规格）宽幅白布 / 作者：蔡元俊

14. 悄悄埋下"铁西瓜"（外国足球运动员）布雷默／作者：蔡元俊

15. 泾渭同流不合污（8字常言）清者自清，浊者自浊／作者：萧文亿

16. 不是愁中即病中（成语）生于忧患／作者：萧文亿

17. 全面改革抓重点，重点改革带全面（三国人）王琰／作者：萧文亿

18. 且将东王令，传与阵前知（射箭运动员）陈玲／作者：萧文亿

19. 爱心若在旧梦在（11笔字）萝／作者：萧文亿

20. 马蹄无处避残红（词牌）满路花／作者：萧文亿

21. 穷则思变，不变则穷（崀山村名）田心／作者：萧文忆

22. 寒月清光入禅房（足球术语2+2）冷射、空门／作者：喻光明

23. 上独重一人，下必生异心（8笔字）忝／作者：喻光明

24. 男儿应是真丈夫（3字管理名词）公休假／作者：喻光明

25. 普降甘霖（谦称连央视主持人）在下水均益／作者：喻光明

26. "人约黄昏后"（电视节目推介语）元宵晚会预告／作者：喻光明

27. 空负了，金玉满堂倾城貌（3字网络新词）白富美／作者：喻光明

28. 想致富，换思路（5字市招）发动机翻新／作者：喻光明

29. 摄影巡回展（《东方红》歌词一句）照到哪里哪里亮／作者：喻光明

30. 先生走了后，坐姿才放松（郭沫若笔名）坎人[①]／作者：喻光明

[①]郭沫若笔名应为"易坎人"。——编者注

31. 远山斜月影层叠,隔窗孤舟人独还(3字网络词)么么哒 / 作者:喻光明

32. 交通监控全覆盖(7字成语)有过之而无不及 / 作者:喻光明

33. 打算盘(4字口语)有点意思 / 作者:喻光明

34. 确认无疑在后宫(3字经贸名词)承包商 / 作者:喻光明

35. 把手拿开,不要说话,过去一点,小心飞了(四川方言)巴适 / 作者:喻光明

36. 令出如山岂能悔(多字成语)一发而不可收 / 作者:喻光明

37. "伐矜好专,举事之祸也。"(成语)人满为患 / 作者:喻光明

38. "巡天遥看一千河"(香港演员)周星驰 / 作者:解俊峰

39. 念此造化谁言无(植物学名词)雌花 / 作者:解俊峰

40. 苦难中方显旗帜(四川地名)什邡 / 作者:解俊峰

41. 待到重阳日,还来就菊花(北京奥运火炬手)金晶 / 作者:解俊峰

42. 艰难危急舍命上(北京奥运会吉祥物)欢欢 / 作者:解俊峰

43. 其实不想走,其实我想留(成语)去伪存真 / 作者:解俊峰

44. 某乃吕奉先是也,手下不战无名之辈(青藏铁路站名二)布强格、当雄 / 作者:龚贵明

45. 有了职权勿索取(9笔字)枳 / 作者:龚贵明

46. 得此二人,可先安天下(唐诗目)寄夫 / 作者:龚贵明

47. 先乱成三分,后乱终归晋(节日)元旦 / 作者:龚贵明

48. 是好是歹听回音（8字俗语）善有善报，恶有恶报 / 作者：龚贵明

49. 大分大合直到三分（四川省县名）天全 / 作者：龚贵明

50. 无心生情无心恨，几度业虚泪水空（泊诨）青眼虎 / 作者：龚贵明

51. 秦乱烽先起，昏君终下台（古典名著）吕氏春秋 / 作者：龚贵明

52. 半生荣，半生悔，半生觅，终相聚（酒名）梅见 / 作者：龚贵明

53. 欲得伯约授绝学（刊物）思维与智慧 / 作者：龚贵明

54. 泣别蔡元俊先生（13笔繁体字）蕊 / 作者：李志坚

55. 碧潭飘雪（骆宾王五言诗）白毛浮绿水 / 作者：李志坚

56. "有怀常不释，一语一酸辛"（歌名连歌手）《想念》陈楚生 / 作者：李志坚

57. 休闲（民俗3+3）走人户、贴春联 / 作者：李志坚

58. "当官而行，不求利己"（反腐倡廉语）权为民所用 / 作者：李志坚

59. "让他三尺又何妨"（微电影）《不差米》 / 作者：李志坚

60. "临去秋波那一转"（李白五言诗句）当时别有情 / 作者：李志坚

61. "青城天下幽，峨眉天下秀"（雅安区名）名山区 / 作者：李志坚

62. "飞来飞去落谁家"（新津景点）花舞人间 / 作者：李志坚

63. "老树春深更著花"（新津企业家）陈育新 / 作者：李志坚

64. "黛色参天二千尺"（演员）高叶 / 作者：李志坚

65. "道可道，非常道"（新津街道名）白云路／作者：李志坚

66. 三伏后，有风来时，到外边去闲逛（电视剧）《狂飙》／作者：李志坚

67. "不经几番寒彻骨"（近代史人名）何香凝／作者：方茂良

68. 世说新语（近代史人名）陈少白／作者：方茂良

69. 大河上下，顿失滔滔（希腊神话人物·卷帘格）波塞冬／作者：方茂良

70. 自揭其短（陶潜文一句）不足为外人道也／作者：方茂良

71. "及到多时眼闭了"（清人）隆裕太后／作者：方茂良

72. 规行矩步（自行车部件）脚踏板／作者：方茂良

73. "昨夜秋风过园林"（礼貌用语3+2）明天见、多谢／作者：汪扬善

74. 身教言教十分重要（礼貌用语）谢谢／作者：汪扬善

75. 量入为出莫浪费（古官名）节度使／作者：汪扬善

76. 语言十分得体（12笔字）谢／作者：倪松泉

77. 心上已有意中人（10笔字）恩／作者：倪松泉

78. 赛跑冠军讲笑话（成语）快人快语／作者：邹崇伟

79. 内战内行，外战外行（数学名词）对角／作者：刘宁涛

80. 白了头，伴一生（9笔字）星／作者：文健

81. 匠心独具品自高，一生心血有造化（酒名）听花／作者：文健

82. 啥也不说，但有付出（酒名）舍得 ／作者：文健

83. 请客不可漏了人（通假字）要通邀 ／作者：夏应全

84. 此两侧没岔路（影目二）《左右》《无间道》／作者：夏应全

85. "但悲不见九州同"（企业简称三）希望、华能、统一 ／作者：夏应全

86. 夕阳西下，断肠人在天涯（作家）莫怀戚 ／作者：夏应全

87. 有怀二人（古文篇目）《隆中对》／作者：夏应全

88. 太液池头月上时（四川方言1+2）水、光生 ／作者：夏应全

89. 依靠十分拼搏，提前建好浦东（10笔字）捕 ／作者：陈凤桃

90. 工作有方，着眼未来（12笔字）嗟 ／作者：陈凤桃

91. 摆脱后传中进一球（13笔字）蜕 ／作者：陈凤桃

92. 迎来七十华诞，中国面貌一新（7笔字）住 ／作者：陈凤桃

93. 小美人鱼向山中游去，向美而行！（流行歌曲）《画你》／作者：付净雪

94. 假装弱鸡（四川小吃）冒菜 ／作者：马翔

95. 默默地看魔术表演（成语）静观其变 ／作者：马翔

96. 二人相见，正合心意（管理用词）规章 ／作者：陈建光

97. 花窗半掩，瘦竹鸟栖（字）卧 ／作者：陈建光

98. 春燕衔泥筑旧巢（探骊得珠）作家老舍 ／作者：陈建光

99. 偶然人去念到今（字）思 ／作者：陈建光

100. 今日吟别赴南关，城西集上又相逢（不定量词）一大堆 ／作者：陈建光

附录四 新津宣言

　　传统谜刊系 20 世纪八九十年代创刊的定期灯谜刊物，有别于电子谜刊和不定期谜刊。以《文虎摘锦》《中华灯谜》《全国灯谜信息》《春灯》为代表的传统谜刊，既是二十多年来中华灯谜发展的记录者，又是中华灯谜发展的促进者，是谜人学习灯谜的教材、发表作品的平台、切磋谜技的媒介、增进谜谊的桥梁，对中华灯谜的繁荣起着不可或缺的推动作用。今天，以上四家传统谜刊的主编聚会新津，在水城新津国际灯谜邀请赛期间，达成以下共识：

　　一、更好地服务谜人。作为传统谜人编辑的传统谜刊，以服务谜人为己任，及时发布谜事信息，精心耕耘创作园地，努力搭建交流平台，为广大灯谜爱好者提供全方位的服务。

　　二、继续不懈地宣传、普及灯谜。在提高灯谜学术地位的同时，还要以雅俗共赏的内容，深入宣传、普及灯谜，以不断提高灯谜和谜人的社会地位，继续为灯谜申报国家级非物质文化遗产鼓与呼。

　　三、不断克服困难，紧跟时代潮流。毋庸讳言，网络的普及和网络交流方式的出现，给传统谜刊的生存带来了挑战。同时，我们也要看到网络给灯谜发展带来的机遇。因此，传统谜刊要紧跟时代，尽快地融入信息化浪潮。我们将充分利用网络交流的快捷与方便，推出"传统谜刊论坛""传统谜刊群"等电子媒介平台，加强与包括传统谜人和网络谜人在内的广大谜友的互动。

　　传统谜刊愿与广大谜友携手，共同为中华灯谜的繁荣做出新的贡献！

《文虎摘锦》季刊

《中华灯谜》月刊

《全国灯谜信息》双月刊

《春灯》双月刊

2008 年 3 月 16 日

编后记

  新津素有"灯谜之乡"的美誉,廋辞之用,追溯远可至北宋。明末清初,战乱连年,新津灯谜之事乏善可陈。清末以降,灯谜复兴。自20世纪80年代至今,新津灯谜发展为群众性的文化活动,在继承传统的基础上,又与时俱进,在灯谜文化宣传和灯谜赛事举办方面有了诸多创新,蜚声于省内外以至全国,入选成都首批非遗名录。

  为了记录这段历史,2023年年底,成都市新津区地方志编纂委员会办公室、成都市新津区灯谜学术研究会牵头,在成都市新津区文学艺术界联合会等单位的支持下,于2024年年初组织人员编写了《新津灯谜志》。编纂期间,稿件经过多次修改讨论,新津灯谜界的喻光明、龚贵明、李志坚等为书稿提供了极其宝贵的资料,并提出了修改意见和建议。

  本志即将出版之际,中华灯谜学术委员会主任郑育斌为志书作序,充分肯定了新津灯谜的辉煌成就。我们在此表示衷心的感谢。

  由于编写人员水平有限,不足之处在所难免,还望方家不吝指正,以期裨补阙漏,完善于该书再版之时。